新 潮 文 庫

もう一杯だけ飲んで帰ろう。

角田光代
河野丈洋 著

新 潮 社 版

11825

目次

(角) 角田光代
(河) 河野丈洋

もう一杯だけ飲んで帰ろう。

はじめに 角

「古典酒場」という渋い雑誌があって、その編集長である倉嶋紀和子さんが、夫・河野丈洋と私、二人に酒飲み連載をしてほしいと声をかけてくださった。酒場のガイド本ではなくて、いっしょに酒を飲んだある日あるときのことを、それぞれが好きに書く。酒場についてではなくて、その飲んだ時間で思ったこと、話したこと、去来したかつてのこと、などを書いてみませんか、と。そうして連載がはじまったのだが、「古典酒場」は休刊。「芸術新潮」が、連載の続きを三年にわたって掲載してくれた。

私と夫はもともと酒を飲むのが好きで、原稿を書く書かないにかかわらずしょっちゅういっしょに飲んでいる。しかしこの連載が進むなかであらためて気づき、あらためてびっくりしたことがある。私たちはこんなに食の好みが合わないのか、ということだ。

夫婦のような、他人でありながら継続的な関係において、食の好みは非常に重要だと今まで幾度も聞いてきた。本当にそうだよなと思ったことも幾度かある。しかし私と夫の食の好みは違う。原稿にしなければ、あらためて気づくこともなかったくらいの違いではあるが、文字にして書いていると「違うんだなあ」と驚く。続けて思う。こんなに食の好みが違うのによくいっしょにいるものだ……。しかしそう思うたびに、私たちにとって重要なのは食ではない、とはっと気づく。

食ではない、酒だ。とはいえ酒そのものの味が好きなわけではない。人と飲むのが好き。とはいえだれでもいいわけではない。好きな人と飲むのが好き。ものすごく好き。心底好き。飲みにいこうと言って飲食店を選ぶとき、いちばんに優先するのは、気持ちよく飲めるところ。人間の体温が感じられるところ。気取っていなくて、かといってだらけてもいなくて、マニュアル対応でもなく頑固名物の店主もおらず、食材を厳選し抜いたりしていなくて、ワインの説明がずっと続いたりしない。欲を言えば、さりげないながらきちんとした正しい季節の料理が出てくるところ。

この連載のあいだ、自分たち夫婦の食の好みの違いを実感しつつ、酒関係、飲食店関係において、こんなにも私たちは似ていたのかと幾度も気づかされた。私たちにとって、だれとどこで飲むかということが食よりも人生の重要事項なのだ。食の好みの違いは私を悩ませないが、でももし、この酒関係の価値観が異なる人と暮らしていたら、人生はなかなかに厳しかったろうなあと思う。

重要事項、とか、価値観、とか、言葉にするとものすごくおおごとの、たいそうなもののようだが、でも相手は酒。いっしょに酒を飲むように、気楽に、だらりと、ふらりと、読んでいただければうれしいです。乾杯。

第1夜　西荻窪といえばここ

愛する戎《えびす》㋖

西荻窪北口にある居酒屋、『やきとり 戎』にはじめて入ったのはこの町に引っ越してきた二十代半ばのときだ。あまりの独特な雰囲気に、最初は入ることがためらわれた。男友だちと思い切って入ったのを覚えている。しかし入ってみれば、なんと気楽な店。食べものの種類が多くて、出てくるのが早くて、おいしくて、しかも安い。それからは、南口店にも北口店にもしょっちゅういくようになった。

三十代の前半に、べつの町に引っ越したこともあって、足が遠のいた。再訪するようになったのはつい最近だ。夫と二人か、ひとりでいくことが多い。北口店が好きだ。活気があって、飲んでいる人たちを見まわすことができて、酔うほどにみんながしあわせそうに見えてくる。前は、名物いわしコロッケはこちらの店にしかなかった。今はメニュウが北南ともに共通になったみたい。

この日は七時ちょい過ぎに入店。カウンターについて乾杯をするやいなや、いわしコロッケ終了！ の声。ああ、一歩出遅れた。刺身、モツ煮（豆腐煮込みを頼んだらモツ煮が出てきた、これもまたヨシ）、水餃子《すいぎょうざ》を頼んで食べはじめると、真鯛《まだい》終了、鯖《さば》終了、カマ焼き終了、アスパラ椎茸《しいたけ》終了と、どんどん声が響く。その声が、長細いカウンターの内側で連呼される。注文も連呼される。湯豆腐いっちょーう、湯豆腐いっちょーう、湯豆腐いっちょーーーう。

カウンターのお客さんは、仲良く飲む常連さんたち、カップル、男性二人、若い女の子グループ、年齢様々な男性ひとり客、などなど。本を読む人、新聞を読む人、肩をくっつけて深刻に話す人、背をのけぞらせて笑う人、眺めていると、この店にはどんな酒も似合うなあと思う。しんみり酒もじっくり酒も、はしゃぎ酒もラブラブ酒も。からみ酒は似合わない。そういえば、この店で喧嘩《けんか》している人を見たことがない。

私はワインに切り替えて、せりのおひたし、串（レバー、うずら、タン）と牡蠣《かき》フライをもらう。『戎』って本当にいいねえ、と夫と話す。ひとりで飲んでいてもさみしくないのがいい、という意見が一致。私も本当はひとり飲みが得意なわけではないが、『戎』の幸福そうなにぎやかさの中にまぎれていると、ひとりでも心からたのしくなってくる。

いかにも紳士然とした男性がひとりで入ってきて、私の隣に座る。刺身、串、煮物と焼酎《しょうちゅう》でにこやかにひとり、はじめる。やがて彼は左隣に座る、これまた男性ひとり客となんとなく言葉を交わし出す。二杯目の焼酎とともにオクラ納豆が紳士の前に置かれ、それを見た私たちは思わず「オクラ納豆！」と声を合わせて注文する。飲んでいるときの納豆、ひんやりしてつるつるしてなんておいしいのか。おいしいでしょ、と紳士がにこにこと話しかける。ええ、すんごく、と私たち。『戎』ってこういうゆるい感じが異国のようだ。私たちみんな、異国の旅人のようだ。

すっかり気分が良くなって、もう一杯ずつ飲んでいこうかと、二軒目に二人で向かう。お会計、よく覚えていないけれど七千円くらい。

生、酎《チュー》ハイ、いちいちぃ〜!!! 河

ビール好きにとって「一杯目のビール」がいつ何時も格別であるのは言うまでもないが、僕にとっての西荻窪『戎 北口店』は、ビールが何杯目になってもうまい店だ。

酒のうまさについて語るとき「何をもってうまいと言うか」には、その筋道の立て方がいくつもあるだろう。生ビールの場合ならサーバーメンテナンスがきちんとなされているとか、温度やガス圧が絶妙であるとか。カクテルなら配合の加減や隠し味。むろん焼酎や日本酒のように「酒そのものの質」をもって、この酒はうまいと言うことだってある。

しかし『戎』のビールがうまいわけは、そういった理屈の上にあるのではなく、店全体に「この酒はうまい」と思わせてくれる空気が充満しているからだと思う。ひとりで飲む酒と、誰かと話しながら飲む酒、それだけのことで酔い方が違ってくるように、いつでも気持ちよく酒を飲ませてくれる店というのがあるのだなと、僕は『戎』に来るたびに思うのだ。

言い換えるなら「安心感」だろうか。カウンターの内側でせわしく働いている人た

ちにはみな、マニュアル通りに動いているようなところがまったくない。かといって客に話しかけたりもしないし、たまにやたらと店員に話しかける客がいると「……なんか言ってるよ」と別の店員にスルーパスが行ったりする。カウンターで囲まれた細長い焼き場と厨房《ちゅうぼう》、その中での店員たちのやりとりは一見ぶっきらぼうだがその実「僕らがよく知っている感覚＝カウンターのこちら側の感覚」の上に成り立っていて、四角四面な仕事っぽさがなく、何か人をほっとさせるものがある。そう、『戎』は店の空気を作っている店員たちのあり方が、とってもいいのだ。

「生、酎ハイ、いちいちぃ～!!!」

賑《にぎ》やかな店内にひときわ大きな声が通ると、他の店員がそれを同じくらいの声量で復唱する。そのこだまが店のいちばん奥から聞こえてくると、今すべての店員が注文状況を把握したのだなとわかる。それでも時々注文していない品が来たりするのだが……そんなミスにもまったく腹が立たないのは、やはりこの店の「客との距離のとり方」に妙があるからだろう。

ひとりでバーに行って飲む酒と、自宅で気心の知れた友達と飲む酒、どちらにも「その場」が生み出す酒のうまさがあるが、『戎』で感じる酒のうまさは、そのどちらも併せ持っているし、また、どちらにも似ていないとも言える。ひとりで行っても誰かと行っても、結局のところ、多くの人が独特の「戎グルーヴ」の中でうまい酒を飲むことになるだろう。

それから（思いがけず蛇足のようになってしまったが）、『戎』は価格設定と一品の量がちょうどいい。基本、一人前で出てくるので残すということがなく、食べたいものを食べたい量だけ食べることができる。こういう、かゆいところに手が届く感じ、店に対して飲む以外のことを何も考えなくていい感じというのも、『戎』の居心地の良さに一役買っているのではなかろうか。

あ、名物の「いわしコロッケ」は二人前くらいあります。そして七時くらいにはもうなくなっていることもあるので、注文するならお早めに！

第2夜　出汁《だし》にひたる西荻窪

パン屋ならぬおぶち襲撃㊝

初めて西荻窪のこのお店にきたとき、お刺身を食べて「あ、このお店はおいしい！」と思った。お刺身に、味の善し悪《よあ》しがあると、若いときは知らなかった。魚を切るだけだと思っていた。違うのだ、お刺身のおいしいお店はすべてのメニュウがおいしいし、逆もまたしかり。

そのときもっとも気に入ったのは、このお店の出汁。金色に澄んだ出汁が、なんとも滋味深い。そのときは〆《しめ》に鯛茶漬けを頼んだのだが、ごはんと器に入った出汁がべつに出てきた。ごはんにかけた残りの出汁をもらって飲んで、感動した。出汁、というか、スープである。私はこのとき村上春樹の『パン屋再襲撃』という小説を思い出した。夫婦がパン屋を見つけられずマクドナルドを襲撃しハンバーガーを強奪する話である。私もいつかふらふらとこの店の出汁を強奪しにくるかもしれないと思ったのである。そのくらいおいしいのだ。

おいしいお店はきちんと人気店になるという、この町の掟《おきて》にならって『にしおぎおぶち』も今では大人気。ふらりときても入れないことがある。なので今日は七時に予約しておいた。

カウンター席に座り、ビールとレモンサワーで乾杯。お通しはもずくとホタルイカ。すでにきちんとおいしい。今日のメニュウを眺めまわし、さんざん迷い、いさきのお刺身、ホワイトアスパラの天ぷら、白魚と菜の花の玉子とじを頼む。ほかにも、山菜の天ぷらとか、筍《たけのこ》と鯛の挟み焼きとか、季節感のあるおいしそうなメニュウがたくさん。初夏になると、とうもろこしの天ぷらがメニュウに載るのだけれど、これが絶品。今日はまだそれには早かった。

いさきは身がはちきれるようにゆたか。私はワインに切り替える。一品食べ終わると次の皿が出てくる。このタイミングもすばらしい。ホワイトアスパラは塩とつゆとともに出てくる。かりっと黄金色の衣のなかに、あまくてやわらかいアスパラ。なんておいしい！　このお店はなんでもおいしいけれど、揚げ部門が格別にすばらしい。今はメニュウになくなってしまったけれど、以前あった串揚《くしあ》げは、衣が薄くてかりっとしていて、本当においしかった。天ぷらの揚がりようもみごと。白魚と菜の花の玉子とじは、出汁のきいたやさしい味。またしても出汁襲撃という言葉が頭をよぎる。

それからもう一品、治部煮《じぶに》を追加。

八時には満席である。お客さんの年齢層はわりに高め。きちんと料理されたものを自覚的に好む年齢層だ。お店の敷居が高くないので、年齢層が高めでも、みんな酔っぱらってにぎやかになる。でもうるさいということもない。たのしい酒である。

メニュウの渋さ、お客さんの年齢、料理のていねいさ。これで多くの人は中年以降の店主を思い浮かべるだろうけれど、驚くことに、店主のかたはとても若い。若いのに、えらいなあといつも思う。一昨年だったか、夫と二人で飲みにきたときのお通しが、うつくしい鯛の飯蒸《いいむ》しだった。この若い店主さんが、「じつは今朝、子どもが生まれたんです。それで、勝手に祝って鯛にしました」と照れくさそうに笑う。ああ、いいお店だなあとしみじみ思った。出汁みたいに滋味深い。

至上の居酒屋めし ㊌

十代の頃から同年輩より年上の（そして酒好きの）友人知人が多かったので、その方面から色々と酒のたしなみ方を聞くことがあった。夕方にそば屋で一杯とか、その手のやつだ。

長居は無粋、というのもその頃教わった。ちょっとつまんで、軽く飲んで、きりのいいところでさっと出る。それがきれいな飲み方ってもんだ、というわけだ。ところがこればっかりは、うまくできなかった。なぜかというと、二十代の男というのはだいたい、いつも腹が減っているからだ。そんな飲み方をしてみようと思うと、ひどい話だが、まずそこいらで適当に牛丼《ぎゅうどん》なんかをかっ込んで、それからということになる。きれいな飲み方もなにも、あったものじゃない。

そんなにがつがつ食べない年齢になったものの、今でもやはり「ちょっとつまんで、さっと出る」なんて格好いいことはできない。「軽く飲もうか」なんてことになると真っ先に「じゃあ晩めしはそこで済ますことになるわけだな」と思うし、実際、居酒屋に入ったらもう完全に「晩めしフィーリング」で料理を注文している。かつて粋に飲むことを阻《はば》んだ「めし問題」が、いまだに似たような格好で横たわっているということか。

そういう意味で、すばらしい「居酒屋めし」を出す店に『にしおぎおぶち』がある。居酒屋でもあり、きちんとした料理屋でもある。

お店に入るとまず、だしのいい香りがふわっと迎えてくれる。和食好き（だし好き）にはもうこれだけで「あ、このお店はいいな」と思えるものだが、実際、『おぶち』のだしにはちょっと他では味わえない旨《うま》さがある。香りは強く華やかで、しっかりとまとまった旨味には、きれいな透明感が伴う。

ちなみになぜ「だしそのもの」についてこのように書けるかというと、「だしそのもの」を飲んだからです。

『おぶち』で「鯛茶漬け」を注文すると、だしの入った魔法瓶を出してくれる。僕はだし好きが高じて、それを茶漬けに使うだけでなく、小皿にちょっとずつ入れてちびちびやったりしていた。なんとなく恥ずかしいので、お店の人の目を盗んで飲むのだが、しかし料理長にはしっかりバレていて（笑）、「気に入っていただけてなによりです」と声をかけられてしまった。それだけでなく「だしがおいしいと言っていただけるのは、お店にとっていちばん嬉《うれ》しいことなんです」という言葉までかけてもらい、ああよかったとほっとする反面、盗み飲みなんて子どもみたいな真似《まね》をしたことが余計に恥ずかしかった……。

とにかく、『おぶち』のだしはそれくらい旨い。料理の味付けはやや薄めで、品のある関西系の味、といった感じだが、僕のような関東人でも物足りなさはまったくない。

それからもうひとつ特筆すべきは、天ぷらの旨さ。素材の野菜がおいしいのはもちろん、どういう工夫があるのか、衣にまでほんのり味付けがしてあるような、そんな気がする。この天ぷらの、酒が進むことよ。初夏に始まる「とうもろこしの天ぷら」がまた絶品で（かきあげではなく、粒の整列を崩さないよう切り落としたものを揚げる）これを注文してしまったらもう「ちょっと飲んで、さっと出る」なんてわけにはいかないんだな。

気付けば、もう一杯だけ飲んで帰ろうか、そんなことを三度も四度も繰り返している。

第3夜　西荻窪のただしい居酒屋

「ほどのよさ」がありがたい　㊎

西荻窪にある『風神亭』という居酒屋をはじめて訪れたのは大学生のとき。二十六年くらい前のことだ。それからときどきいくようになったのだけれど、当時からずっと人気店で、入れないことも多い。それで足が遠のいてしまった。

『風神亭』の近くに、『ささら亭』という、同系列の居酒屋があると知ったのは、五年前（二〇〇九年ころ）。一階はカウンターと、テーブル席が二席だけだが、二階が広い。たいていいつでも入れる。『風神亭』でおなじみの、グリルしたかたまりの豚肉を、お店の人がテーブルで切ってくれるシャシュリークも、ねぎ油をジュッとまわしかけた風神ワンタンも、揚げ餅《もち》と大根おろしの元祖ゆきとらも、みんなメニュウにある。

『ささら亭』のいいところは、予約をしなくてもたいてい入れる、ただしい居酒屋のたたずまいであること。そして、料理のほどがいいこと。私にとって、ほどがいい、というのは、ていねいに作ってあってちゃんとおいしくて、でもこだわりすぎていない、ということだ。どこそこで育てられた牛の、何グラムしかとれない部位を使ったナントカ……とか、某さんが作ったオーガニック野菜のナントカ……という料理は、ここにはない。ポテトサラダはポテトサラダだし、気分の炒飯《チャーハン》はその日の気分の炒飯だ。でも、日替わりメニュウに並ぶのは、ちゃんと季節の旬《しゅん》のもの。

春近い土曜日、七時に店の引き戸を開ける。一階はぎゅう混み。二階のカウンターに通される。酎ハイと生ビールで乾杯。この日のお通しは、蕎麦《そば》の実雑炊。こまかく刻んだ椎茸と葱《ねぎ》がおいしい。かんぱちのお刺身、蒸し牡蠣、菜の花と蛤《はまぐり》の卵とじ。この日は頼まなかったけれど、私が好きなのは「西荻豆腐」という名の豆腐。ピータンや胡瓜《きゅうり》やプチトマトの入った自家製豆腐だ。

注文の品が届くころには、二階席もすべて埋まってしまっている。年齢層の高い女性グループや、年若い男女混合チーム、女性二人連れ、仕事仲間らしい敬語の男女、等々、客層はさまざまだ。このさまざまさが、「ほどのよさ」の証左だと私は思うのである。どんな年齢のだれにとっても、便利でおいしくて、値段もまっとうで、スタッフも気持ちよく、お店も居心地がいい。その、最大公約数的なよさが、ここにはある。

酎ハイとビールを五杯ずつくらい飲んで、べつの店にいこうか、もう一杯だけここで飲もうか話し合い、結局、居続けることにして、飲みもののおかわりと、富士宮やきそばを頼む。富士宮やきそばは、私たちにとってはこの店の名物。〆に頼むことが多い。

気づけば十一時に近いが、まだ二階席は満席だ。さっきと顔ぶれが変わっている。一次会で飲む人たちもいれば、どこかで飲んできて、もう少し飲みなおそうと二次会的に利用する人もいるのだろう。この店、週末と祝日は午後一時から店を開けている。しかしよく考えてみれば、二十歳から三十年近く、同じ系列の店に通っているって、ちょっとすごいことだ。そういう店がずっと営業していることも、考えてみれば、酒飲み界のささやかなる奇跡である。

三時ビールが似合わない㊒

昼から飲める良いお店。これは西荻窪にある居酒屋『ささら亭』の看板にあるキャッチコピーである。平日は午後四時からだが、土日、祝日は午後一時から入店することができる。

とはいえ昼から飲む機会というのはなかなかないもので、僕はまだその時間帯の『ささら亭』を知らない。どんな雰囲気なのだろう。夜ともなれば常に大繁盛《はんじょう》の人気店も、昼にはやはり、違った顔を見せるものなのだろうか。

ところで萩原朔太郎晩年の詩に「虚無の歌」というものがある。午後三時、閑散としたビアホールでひとりビールを飲み、老いて情熱も欲もなくした「私」は、今の自分を静かにみつめながら「一切のものを喪失したけれども、しかしまた、何物をも失わなかったのだ」という境地に達する。

この詩に触れた二十年前、僕はまだ十代で、高校生だった。それなのにどういうわけか「わかる！」と思った。子どもに朔太郎の何がわかろうか、そんな向きもあるだろう。しかし少なくとも僕はそのとき「この人は本当のことを言っている」と感じたのだった。そして（これはいかにも子どもらしい発想で滑稽《こっけい》だが）自分もいつかこんな場所で、こんなふうにビールを飲んでみたい、と思ったのだ。

　昼から飲める良いお店。あれから二十年が経《た》ち、今この看板を見て僕が思うのはやはり「午後三時のビール」であり、また、虚無、と静かに思ってみるにはまだまだ随分と足らぬ自分の人生経験である。

　想像してみると、どうにも所在ない。

　西荻窪は、立石《たていし》や池袋ほど昼飲みがさかんなエリアではないので、人気の『ささら亭』といえど、昼から酔客でごった返すということはさすがにないのではないかと思う。日曜の午後三時、ふらりと入ってみればうまい具合に「朔太郎ごっこ」ができるかもしれない。しかし実際のところ僕はまだ、一切を喪失してはいないし、何物をも失わなかったと言えるほど生きてもいない。物思いもそこそこに「腹が減ったな」などと考え始め、おそらく『風神亭』系列の名物「元祖ゆきとら」を注文してしまうだろう。挙げ句なんだか寂しくなり、「いま西荻で飲んでいるんだけど」などといって誰かに連絡をとり始めそうである。虚無も何もあったものではない。

『ささら亭』に行くようになって五年ほどが経った。ひとりではなく妻と、昼にではなく夜に、僕はこの店でビールを飲み続けている。会計時に押してくれるスタンプカードはもう三枚分がいっぱいだ。使えば割引になるのだが、いつも思いついたように店に入ってしまいカードを自宅に忘れてくるので、四枚目がいっぱいになるのも時間の問題だろう。

スタンプはウサギがにっこりと笑っている絵で、それがずらりと並んだカードを眺めていると、この店でずいぶん色々なことを話してきたものだな、そんなことが思われる。それから、そろそろまた行こうかな、とも。

そしてそのときはもちろん虚無についてなどではなく、ついこのあいだ見たおかしな出来事について、友人が使った何度味わっても滋味深い比喩《ひゆ》について、音楽や小説や猫や、これからのことについて、話しながらまた大いに飲むのである。

『ささら亭』は現在閉店し、二〇二三年に『茅ヶ崎 風神亭』(神奈川)、『八ヶ岳 風神亭』(山梨) を開店しました。

第４夜　阿佐ヶ谷の日本一トルコ

開眼前、開眼後 角

もうずいぶん前のこと。阿佐ヶ谷に、日本一おいしいトルコ料理の店があるのだと、複数の人たちから聞いた。早速友人といっしょに訪ねてみた。『イズミル』は本当に有名店で、この当時は予約も取りづらいほどだった。けれども、じつのところ私はその「日本一」がよくわからなかった。おいしいのはたしかだが、そもそもトルコ料理について、何も知らない。何とどう比べて「一」なのか、ぴんとこない。何度いっても、その感想は変わらなかった。

ところが、である。二〇一三年末に一年ぶりくらいに『イズミル』で飲食し、「なんだ、このおいしさは！」とびっくりした。『イズミル』がこんなにもおいしいということに、今まで気づかなかったことにまたびっくり。このおいしさになぜ開眼したかと考えるに、理由はひとつしか思い当たらない。

その年の正月休み、短い期間だが夫婦でトルコを旅したのである。ごくふつうの食堂や飲み屋で食事をし、ざばざばと酒を飲み、おいしいねおいしいねと言い合っていただけなのだが、どうもこのとき、トルコ料理用の味覚スイッチがオンになったらしい。

日本じゅうのトルコ料理屋を訪れたわけではないから、日本一かどうかはわからないが、けれどもとにかく、ものすごーくおいしいトルコ料理の店、と私のなかで『イズミル』は認識を変えた。

以前は予約をとるのも難しかったけれど、最近は落ち着いて、予約なしでも入れるようだ。トルコ人の二人が切り盛りしている。清潔な店、という印象が、はじめてきたときから私にはある。店そのものを包む空気がすがすがしい。このすがすがしさ、そういえば、トルコの食堂でも感じたことだ。料理はおいしくて当然、よけいなものはまったく不要、だから黙って味わっていきな、というような、潔《いさぎよ》くシンプルなすがすがしさ。

私はクォーターサイズのスパークリングワインを、夫はトルコのビールを注文して乾杯。一皿の量がけっこうあるので、二人だと、真剣に慎重にメニュウを選ばないとならない。悩みに悩み、羊のチーズが入った地中海サラダ、ドネル・ケバブという超定番を注文した。私はふだん野菜にまったく興味がないのだが、ここのサラダは本当にすばらしいと思う。ドネル・ケバブの付け合わせの炊《た》き込みごはんは、癖になるおいしさ。ハーフサイズのテラというトルコ産赤ワインがあり、私はそれを注文する。

トルコはイスラム圏だけれど、酒にかんしては厳しくないのである。

この日はカップル四組と、女性四人グループ、家族連れ一組。カウンターで隣り合ったカップルが、サラダからはじまってシシ・ケバブやらドネル・ケバブやら煮込み料理やら、二人でじゃんじゃん食べていく。そんなに多くは食べられない私たちは、二皿ですでに満腹になってしまい、その二人の前に運ばれるさまざまな料理をうらめしげに見つめ、いじましくメニュウをちろちろと見る。おなかはいっぱいでも、もっと食べたいのである。シガラ・ボレイという、チーズ入り春巻きのようなものならなんとか食べられるかも、と注文する。赤ワインにチーズが合う。春巻きを齧《かじ》りつつ隣を見やると、カップルはデザートも食べ終えて、チャイを飲んでいた。うらやましいことである。今度は四人くらいできて、あれもこれも食べようと話しつつ、もう一杯おかわり。

忘れられないエフェスの味 ㊟

イスタンブールの街には路面電車（トラム）が走っている。そのトラムは決して広い道だけでなく、少し狭い、曲がりくねった道を通ることもある。それでも道ゆく人々は慣れたもので、とくに歩みを止めることもなく、肩からほんの数センチというスレスレのところでトラムをやり過ごす。

イスタンブールに滞在し、そんな光景も見慣れてきた頃、ぼんやり歩いている僕の腕を後ろからぐいと引く人がいた。驚いて振り返ると「危ないじゃないか！」という。そして直後、ほとんど僕の肩をこすっていくような近さで眼前をトラムが通過していった。

このことがきっかけで彼とは仲良くなり、滞在中は彼の勤めるパブで毎晩飲んだ。トルコ人だけでなくクルド人の知り合いもでき、彼らとはくだらないことから少し深刻なことまで、実にいろいろな話をした。可笑《おか》しかったのは、僕がトラムと接触するところを助けてくれた彼が「忍者を紹介する番組」が大好きで、欠かさず録画して観《み》ていると言ったときだ。忍者なんて日本にはもういないよ、と僕が言うと、そんなことはわかっているし問題じゃない、と言う。

「でも、忍者はこんなに高い塀だって、軽々と飛び越えるんだ。こんなに高い塀をだよ！」

その後イスタンブールにはもう一度行ったが、やはり人々は優しく、治安もよく、なにより料理のおいしい素晴らしい街だった。何度でも行きたいくらいだが、しかし実際に行かずとも、料理だけなら東京で味わうことができる。

阿佐ヶ谷にあるトルコ料理店『イズミル』は、東京でいちばんおいしいトルコ料理を出すと評判の店だ。定番のドネル・ケバブだけでなく、ピデ（トルコ風ピザ）やピラウ（ピラフ）、サラダの味も素晴らしい。トルコの小さな食堂にあるようなトマトベースの煮込み料理もあり、一口食べればよく行っていたスィルケジの食堂『バルカン』のことが親密に思い出されてくる。もちろんトルコビール「エフェス」もある。これもまた、僕にとっては忘れられない「トルコの味」のひとつだ。

食堂で夕食をとった後、トラムに気をつけながらいつものパブに入ると、クルド人の店員が「やあ、今日は一杯おごるよ」と迎えてくれた。塩豆をつまみながら今日のできごとについて話したり、日本語を教えたりしながらエフェスを飲んでいると、彼は向こうにいるもうひとりの店員を指しながら、ふいに小声になり「昨日、あいつにトルコ語のあいさつを教わっていただろう」という。「ああ、覚えてるよ。『メラバ』だろう」僕がそう答えると、彼はもっと小声になり「そんな言葉は忘れていい」と笑顔で言った。そして続けてこう囁《ささや》いた。

「メラバなんて教えてトルコ人ぶってるけど、あいつもクルド人なんだ。いいか、クルド語のあいさつは『チャオワイ』だ。メラバなんて忘れて、こっちを覚えることにしなよ。だっておれたち、友達だろ？」

阿佐ヶ谷の『イズミル』でエフェスを飲むたび、僕は「メラバ」と「チャオワイ」のことを思い出し、トルコ人とクルド人の関係について思う。そんなときエフェスの味は優しく、うっすらと甘いようで、ほろ苦い。

第5夜　荻窪の顔

熱さに要注意 角

かつて荻窪駅の北口に、半屋台の焼き鳥屋さんがあって、それが荻窪駅の目印のようになっていた。店先で焼く焼き鳥の匂《にお》いと煙があたり一面に充満し、昼過ぎから、おもに中年以上の男性が飲んでいた。その光景がそのまま「荻窪」の認識だったから、駅周辺の整備のために移転すると聞いたときはショックだった。私は一度くらいしかその店にいったことがなかったのに、それでも、町の風景が大きく変わってしまうことがとても残念だったのだ。

荻窪駅を利用する人ならだれでも知っている『鳥もと』は、今、本店と二号店にわかれて営業している。線路沿いにあるのが二号店、荻窪駅北口の、ちいさな飲み屋さんがかたまったあたりにあるのが本店。私たちがよくいくのは本店だ。というのも、私たち夫婦は知り合う前からそれぞれ、この本店を切り盛りするご兄弟にお世話になっているのである。私は二度ほど取材でお世話になり、夫はあの駅前屋台の時代によく飲みにいっていたらしい。

『鳥もと』は、もともと焼き鳥の店であるけれど、移転してからずいぶんと変わった。

とくにこの本店。その日ごとに掲げられる黒板には、変わったメニュウがずらりと並ぶ。たこまんま（たこの卵）、ほっけ刺し、ルイベ、アスパラの刺身、ゴジラ海老《えび》、等々。ほっけの刺身なんて聞いたことがないし、しかもルイベは八百円。えーとあの……焼き鳥屋さんのメニュウには見えないんだけれど……、と、焼き鳥を食べにきた人は驚くことだろう。

本店をまかされているご兄弟の出身が北海道で、いろんなツテで北海道産のめずらしい魚介類を安く入手できるらしい。アスパラの刺身（生のアスパラ）をはじめて食べたときは、梨《なし》のようなみずみずしい甘さに感動した。もちろん焼き鳥、焼きとんもメニュウにある。私たちはもう、めったに注文しなくなってしまったけれど。

カウンター席とテーブル席、立ち飲み席もある。真冬以外は外にテーブルが出ていることも。渋い大衆居酒屋だけれど、若い人のグループ連れや、年配の男性客、ひとり客と客層はさまざま。駅前から路地に引っ越しても、荻窪といえば『鳥もと』、と私は相変わらず思うが、無闇《むやみ》に人には勧められない。お店を取り仕切るおにいさんのキャラクターが、ものすごく濃いのだ。店内じゅうに響く大音声でその日おすすめの魚や野菜を教えてくれて、焼き鳥が食べたくていったのに、気がつけば魚しか食べていない、なんてこともあり得る。このおにいさんがすすめるのは、本気でおいしいと思っているからなのだが、静かに焼き鳥を食べたい人はびっくりするだろう。

この日もおすすめされた数品を食べて、酎ハイを飲む。新宿からタクシーできた、という若い男女がいたり、おにいさんに呼び止められて店に入ってきた近所の人や、とにかくいろいろ。あれ、店がなんだかいやに静かだなと思うと、おにいさんがいない。どこかにいっていたおにいさん、私に四角い箱を渡す。「カクタさん、このあいだ誕生日だったでしょ、ケーキ買ってきた」。

誕生日は先々月なのだが、ありがたく受け取る。気持ちの熱い人なのだ。

結局、気がつけば、もう一杯、もう一杯と店じまいまで飲んでしまった。

エネルギッシュ鳥もと ㊌

ひとりで酒を飲む、ということがなかなかできない寂しがり屋だからだろうか、僕は活気のある居酒屋が好きだ。とはいえ、やたらと大声で喚《わめ》き立てる客が集まるような店はやはり辟易《へきえき》する。客はあくまで和やかで、店員にパリッとした元気のよさがある、そんな店がいい。

荻窪駅北口を出てすぐ右手の区画に『鳥もと』という焼き鳥屋があった。昭和二十七年に創業し、かの井伏鱒二《いぶせますじ》も通ったといわれる老舗《しにせ》だが、数年前にあった再開発の影響を受け、移転を余儀なくされた。今その駅前の区画は小さな広場になっていて、現『鳥もと』はそこから少し東側の区画（昭和の雰囲気が色濃く残っている小路）に本店がある。

かつての『鳥もと』にはかなりの活気というか、場のエネルギーのようなものが満ち満ちていた。往来にせり出すテント、積み上げたビールケースに板を渡して作った長机、風よけのビニール幕、その内側は（明るいうちから飲んでいる人も含めて）いつも混んでいて、満員になれば立ち飲みをするしかなかった。それはもちろん味がよく安いからなのだが、そう聞いたとしてもおそらく、若い女性には近寄りがたいものがあっただろう。僕はまだ二十代だった頃、友人と何度も飲みに行ってはその雰囲気、二〇〇〇年代においては異質とも新鮮とも感じられるような「昭和の空気」に圧倒されたものだった。

陽も落ちた頃、ビニール幕をくぐれば、焼き場からもうもうと立つ煙が白熱灯の光に映える。焼き鳥の盛られた大皿が並び（あらかじめ軽くあぶったものを、注文が入ったぶんだけ焼き直すのである）、サラリーマン風ひとり客たちの人いきれに、店員たちの威勢の良いやりとりが加わる。「ビールケース机」に代表される簡素な店構えも相まって、店内には独特の空気が満ちているのだが、僕はこれを「レトロ」だと感じたことはなかった。今この場にある空気は、自分が生まれるずっと前からあったものに違いない、そう肌で感じてしまうような説得力が『鳥もと』にはあったのだ。

炭火で表面をカリッと焼き上げた鳥は本当においしく、僕はとくに「皮ピーマン」が好きだった。かりかりの皮と種付きのピーマンの串で、これにねぎ間とお銚子《ちょうし》を一本つけて五百円くらい。

新しくなった『鳥もと』は、それまでの半分屋台のような形態から打って変わって、内装がきれいな店舗になった。かつての「入りにくさ」は全くない。しかしそれでも、こちらの気持ちが自然と盛り上がってくるような活気はしっかり残っている。なぜかといえば、ここ『鳥もと　本店』の伊與田《いよた》さんという店長（兄弟のお兄さんの方）が本当に「活気の象徴」のような方なのである。

「本当においしくていいものだけを、できるだけ安く提供してね、お客さんに喜んでもらいたいし、いいお店にしたいんだよ」熱心にそう話す伊與田さんにとって、顔見知りも一見《いちげん》さんも関係がないのだろう。みずみずしいアスパラをかじりながら、向こうで響く「いらっしゃい！　今日のおすすめはホッケの刺身だよ！」という声を聞いていると、本当に活気があっていいお店だなと思う。そしてまた、ついついもう一杯を頼んでしまうのだ。

第6夜　高円寺の古本酒場

酔っぱらっても許される㊝

高円寺にある古本酒場『コクテイル書房』は、私の古本道の師匠である、岡崎武志さんに教えてもらった。そのときは、高円寺北口のあづま通りにお店があった。同じ北口でも北中通り商店街に移転したのは二〇一〇年。古民家を改築したかっこいい建物の一階にある。

古本酒場、というのは、古本屋でもあり居酒屋でもある、ということ。店内の壁にはずらりと本が並んでいる。カウンター席の目の前にも。飲みながら一冊抜き取って読み、買わずに元に戻しても怒られたりしない。その日のメニュウは、原稿用紙に書いてある。ゴーヤチャンプルーや、コンビーフ、葱、チーズなど中身を選べるオムレツ、焼きそばといったメニュウのなかに、文士料理がある。檀一雄《だんかずお》の『檀流クッキング』に出てくる「大正コロッケ」や、武田百合子の『富士日記』に登場する「茄子《なす》にんにく炒《いた》め」など、日によってかわる。ファンなら「おお」と思うだろう。

ものすごく顔の広い店主の狩野《かりの》さんは、ときどき『コクテイル』内でイベントをおこなっている。トークショーや個展などだ。私も何度か出させていただいた。トークショーをさせていただいたあるとき、外がものすごい嵐《あらし》になったことがあった。雷、土砂降り、ともかくすごい。お客さんも、三、四人しかいない。そんなシチュエーションのなか、なんだか妙に親密な集いのように思えてきて、私はトークショーであることも忘れてべろんべろんに酔っぱらって、ちょっと人には聞かせられないような話をした記憶がある。その話の中身はまったく覚えていない。

『コクテイル』にはそんな魅力がある。飲んでいると、何かすごく親密な場に参加しているような気持ちになるのだ。それで毎回、たのしくなりすぎて、べろんべろんに酔っぱらう。だからここにくるたび、「あれっ、こんなお店だったっけ」と思う。毎回飲み過ぎて記憶が混濁し、店の造りも忘れてしまうのだ。

高円寺いこう、と夫と出かけ、この店で親しくなった人の名を挙げ合い、「今日はいるかな」「会えたらいいね」とわくわくと店に向かい、カウンターに座ってやっぱり、あれ、こんなお店だったっけ、と思う。ビールとレモンサワーで乾杯、茄子にんにく炒めや穴玉（穴子入りオムレツ）などを頼む。七時前にカウンター席は満杯、七時過ぎには小上がりのテーブル席も埋まる。狩野さんはひとりで料理をし、運び、片づけているのに、ちっともかりかりしていない。若い男の子が、外の棚から埴谷雄高《はにやゆたか》の『死霊』を持ってきて、代金を払って出ていく。そんな光景もいい。

べろんべろんに酔っぱらうと、翌朝たいてい私は嫌な気持ちで目覚める。あんなに飲んで恥ずかしかった、とうなだれ、記憶がないが、だれかに迷惑かけたに違いない、と罪悪感に嘖《さいな》まれる。ところが、『コクテイル』はそういうことがいっさいない。でろんでろんになっても、いつもたのしい、翌朝も「ああ、なんだかわからないが昨日はたのしかった」と思う。それは狩野さんの人柄の故《ゆえ》でもあり、店を守るように覆《おお》い尽くす、無数の本の故でもあると思う。どの時代に書かれていても、書物はすべて、今を生きる人たちに向けられた言葉だ。ときと場所を越えて人と人を結びつけるものだ。そんななかで飲んでいるから、許されたような守られたような気持ちで、ついつい飲み過ぎてしまうんだろう。

もしひとつをなくしても㊒

今ではもうなくなってしまったが、かつて市ヶ谷に「一口坂スタジオ」という録音スタジオがあった。失敗や成功、先の見えない試行錯誤、そんな様々な記憶がたくさん結びついた、個人的に思い入れのある場所だ。「人が117ボルトの電圧で感電している瞬間を初めて見た」など、今となっては笑い話にできるような話もあれば、バンドリーダーとしてプロデューサーに任された仕事がうまくできず、悔しい思いをした記憶など、本当に色々とあり忘れられない。そして自分とそのスタジオがそんなふうに結びついたのは、もしかしたら必然だったのかもしれない、と思うことがある。

そう思うのはきっと、初めてそのスタジオに足を踏み入れたときの印象が強く残っているからだと思う。なぜだか僕はそのとき「ずっと前からこの場所を知っているような気がする」と感じていたのだ。

それから十年が経ち、僕は高円寺にある古本酒場『コクテイル書房』で、そのときと似たような感覚を味わうことになった。初めてこの店に来たのが三年ほど前。そのときまで『コクテイル』のことは何も知らなかったのに、座ってビールを一杯飲んだだけで、自分がここにずっと通っている人間になったような気がして不思議だった。初めて来たという気がまったくしない。これはいったい何なのだろうと。

その日はお店がとてもにぎやかで、たしか久住昌之《くすみまさゆき》・卓也さんご兄弟のユニット「Q.B.B.」のてぬぐい展があった日ではなかったかと記憶している。以前に一度お会いしていたこともあり、僕は久住卓也さんとぽつりぽつり、話をしながら飲んでいた。すると卓也さんが、持参していたウクレレをおもむろに取り出し、ウクレレらしからぬブルージーなフレーズを聴かせてくれる。ここで「楽しい夜が始まったな」と思わないミュージシャンはあまりいないだろう。手近に古いガット・ギターが転がっているのが目に留まったので、僕もついついそれを手に取り、卓也さんに合わせる。いつの間にか、セッションが始まっていた。

ムーンライダーズの「大寒町《おおさむまち》」を卓也さんが歌ったところで、まわりのお客さんから「もっとやって！」という声がかかった。C.C.R.の「雨を見たかい」、ビートルズの「エリナー・リグビー」などを演奏したが、楽しそうに歌うのはもっぱら、リクエストをしたお客さんたちだ。遠くの席では、何かよくわからないものをポコポコ叩《たた》いて演奏に参加している人もいる。ビールが何倍もおいしく感じられるような、とてもいい夜だった。

初めて来たのに、ずっと前から知っているような気がする場所、自分にとって大事になるかもしれない場所というのは、もしかしたら、ひとつなくなってもまたひとつ、必ずできるものなのかもしれない。

第7夜　落ち合って大阪

知らない町と知り合いになる　㊊

仕事で京都にいくことになった。その翌日、夫が大阪で仕事だという。そしたら、仕事のあと大阪で落ち合って、飲もうか、という話になった。家の近所で飲むのも好きだが、見知らぬ地で飲むのも好きなのだ。

五月に一度、やはり仕事で大阪にきて、大阪在住の人においしい店を教えてもらい、ひとり飲みにいった。おでんと焼き鳥の店で、料理がていねいで、感動するくらいおいしかった。大阪といえばここしか知らないので、あそこにいこうと決めて予約の電話をすると、なんとその日は定休日だという。

まさに途方に暮れた。大阪はどこもかしこも店がありすぎる。選ぶポイントがよくわからない。わざわざ大阪で落ち合って飲むのに、そこそこの料理は食べたくないし、できるなら、大阪らしいものを食べたい。急遽《きゅうきょ》、大阪に詳しい知り合いに連絡して、お勧めの店を何軒か教えてもらった。

そのなかの一軒が『とみ多』。地下鉄のなんば駅からすぐ。それにしても、大阪の地下はいったいどうなっているのか。長くて広くて入り組んだ地下通路が、至るところにある。しかも、この店に近い出口はなんば駅の「二十五番出口」である。そんなに出口があること自体が驚きだ。

駅付近の大喧噪《けんそう》からほんの少し奥まっただけなのに、急に静かになる路地に、割烹《かっぽう》風の店がある。引き戸を開けると、カウンターと、奥にテーブル席がある。テーブルに座ってメニュウを見る。手書きのメニュウには、はものコースと鮎《あゆ》のコースがあるが、一品料理に目がいく。はも湯引き、はも天ぷら、はも照り焼、明石たこ刺身、あわび、穴子天ぷら、賀茂《かも》なす田楽、鮎塩焼、水茄子……。お品書きから立ち上る関西っぽさにうれしくなる。

はも、う巻、たこ天ぷら、水茄子を頼んで、夫はビール、私は日本酒で乾杯する。お通しの小鉢に入っているのは、酢味噌《すみそ》のかかったはもかな？　と食べてみると、身は薄く、エンガワみたいに甘い、うっすらとした脂《あぶら》がある。鯨の尾だとお店の人が教えてくれる。

大阪で食べるはもはふだんよりおいしく感じる。そして水茄子！　私はこのおいしい野菜のことを、三十歳を過ぎるまで知らなかった。関西出身の友人が夏に送ってくれて、はじめて知ったのだ。この果実みたいなみずみずしいおいしさ、関東の夏ではあんまり味わえない。

知らない町を歩いてホテルに向かう。はじめていったお店がすごくいいお店だったことに気持ちが浮かれる。料理もおいしかったし、店の人も親切だった。何より静かでくつろげた。いいなあ、という店で飲むと、知らない町との距離が縮まったような気がする。

浮かれた私たちは、ホテルの前にちいさなバーを見つけて、もう少し飲んじゃおうといそいそとそちらに向かった。

大阪の梅ちゃん　河

年に何度かは大阪でライブがあるので、少なく見積もっても、これまでに四十回くらいは大阪で飲んでいる。しかしそれでも、大阪の街のことが僕には未《い》だ《ま》によくわからない。ライブ会場と打ち上げの店とホテル、そういった「行くべき場所」をスケジュール通りに移動しているだけだからだ。ぶらぶら街を歩くということは普段めったになく、地図なしで迷わず歩けるのは「心斎橋から難波」、情けないがそんな程度だと思う。

その日もライブのために大阪へ行った。フェス形式のイベントで、夕方には出番が終わる。そのあとは前日京都で用事のあった妻と合流して、何かうまいものを食べに行こうという段取りになっていた。

難波の割烹『とみ多』でハモを食べた後、ホテルのある四ツ橋まで戻ってもうちょっと飲もうか、ということになった。

この四ツ橋、ことに新町というエリアは心斎橋とはまた違って、落ち着いた大人の街、という感じがある。もう何十回も来ているのに、大阪のこういう顔は見たことがなかったな。ぼんやりそんなことを思って歩いていると、大阪にまつわる色々なことが思い出されてくる。

世の中には、いつもふざけているようで、冗談が上手《うま》く、人を笑わせることが大好きな人がいる。しかしそんな「ひとことで言えば面白い人」こそ、実は誰よりも周囲を観察し、気を配り、言葉を選んでいたりするものだ。

全国各地でライブをするようになって十六年あまり。いま僕には、それぞれの土地にコンサート制作の担当スタッフがいる。その大阪担当は、二〇〇一年のデビュー以前からずっとお世話になっている人のひとりだ。年齢は僕よりもだいぶ上だが、ここでは親しみをこめて梅ちゃんと呼んでおこう。

梅ちゃんが「ただの面白い人」ではないことは、知り合ってすぐにわかった。

僕はそのとき二十歳で、大阪でのライブや、打ち上げという名の馬鹿《ばか》騒ぎなどを無邪気に楽しんでいた。そもそも、見知らぬ土地で飲むという経験がたいしてなかった頃だ。それだけで浮かれていたところもあったろう。梅ちゃんのことも、たいした考えもなく「ひょうきんな人だな」くらいに見ていた。

ところが打ち上げのあと、メンバー、スタッフを交えて飲み直しに行ったバーのテーブルで二人だけになると、それまで笛を吹くようなふざけた仕草でビールを飲んでいた梅ちゃんは不意に落ち着いた口調になり、全く違う顔を見せたのだった。頼む酒も「黒霧島ロック」に変わっていた。

梅ちゃんは、僕のやろうとしている音楽を正確に理解していた。そればかりでなく、聴くべき音楽を示唆《しさ》し、また自身の仕事を通じて、何が大事で何が大事でなかったかを理路整然と話し始めた。こんなに生真面目《きまじめ》で熱意ある人だったのかと静かに驚いたが、それ以上に戸惑ったのは、話しながら、梅ちゃんが敬意をもって僕に接しているらしいと気づいたときだ。嬉《うれ》しさよりも、やはり戸惑いが勝っていたと思う。自分のようなかけだしで無名のミュージシャンを、こんなにきちんと扱う大人がいるのかと。それから言うまでもなく、そのとき僕は人を見る目がまったくなかった自分を恥じた。

最近では、妻が大阪に仕事に行く際、ひとりでも入りやすくておいしい店はないかと梅ちゃんに相談したことがあった。おでんと焼き鳥が感動的なまでにおいしい店だったと、後日、妻から聞いた。

新町を少し歩いて静かなショットバーを見つけたとき、僕は妻に、梅ちゃんの話をしよう、と思っていた。

第8夜　五反田で愛する魚を

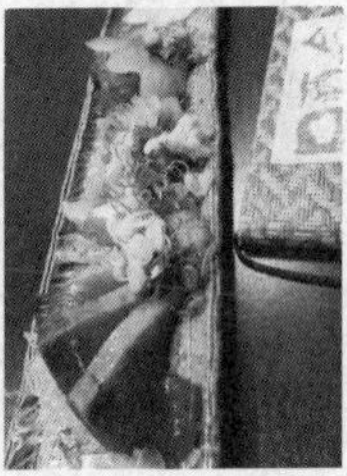

飲むためにそこへいく 角

五反田という駅で降りるのは生涯で三度目。二回、映画の試写を見にきた。たいへん大きな試写室のあるビルが、五反田にあった。そう、五反田という町にたいして私の持つ知識は「大きな試写会場のある町」、だけ。その町に、今日はじめて酒を飲みにきた。

夫が知人に連れていってもらい、魚料理がおいしくて感激したという居酒屋に、今日は釣り名人を交え三人で向かう。駅前の喧噪をちょっと離れ、路地に入ったビルの二階に『げってん』はある。カウンター席とテーブル席のある、こぢんまりした店に入ると、まず目に入るのは釣りの写真。店主のかたと、常連さんの写真で、魚の重さも書いてあるのだが、なんだかみんなでかい魚。と、思いきや、釣りではなく、ボクシングの試合の写真も貼《は》ってある。あれ、この写真の人、店主ではないか……。いきなりあれこれ訊《き》くのもなんなので、とりあえず私はレモンサワー、釣り名人と夫はビール、刺身の盛り合わせを注文する。

私はずいぶん長いこと、刺身というのはただ切って出すものだと思っていた。違うのは鮮度だけなのだろうと。だからどんな店で食べても同じだと思っていたのだが、数年前にちょっとしたきっかけで、そんなことはないのだと知った。刺身のおいしい店はすっごくおいしいし、刺身のまずい店というのも存在するのだ。たいてい刺身は最初に注文するから、西洋料理の前菜と同じく、刺身がおいしければすべての料理がおいしいと言っていい。

そして、真鯛《まだい》、カツオ、大アジ、クエ(クエ!)、トビウオ、と出てきたこの店の刺身、本当においしい! おいしい刺身って何かこう、きりっとしている。へんなたとえだけれど、角がぴしっと立っているような感じ。げそ入りのさつま揚げ、水ナスも注文する。

この店主のかたはものすごい釣り好きで、海と魚のことはなんでも知り尽くしているんじゃないかと思うほどだ。釣り名人と話しこんでいるが、私には用語がひとつもわからない。最近釣りをはじめた夫も、話したいが話についていけず。でも釣り用語がわからなくとも、魚愛がびしびし伝わってくる。料理をおいしくするのは、料理する対象への愛だというのが私の持論なので、この店の料理がおいしくないはずがないのだなあ、と納得。

のどぐろの煮つけと塩焼きと、どっちにしようか迷って、塩焼きを頼んだのだが、ちょっとこれも悶絶《もんぜつ》するおいしさだった。塩加減がちょうどよくて、身がふっくらしていて、骨をしゃぶりつくす勢いで食べた。

ボクシング写真について訊いてみると、店主のかたは少し前まで現役ボクサーだったとのこと。見たかったなあ、試合。

ただ飲むために、縁のない町にはめったにこないのだけれど、こんなにおいしい魚が食べられるのなら、またきたい。かくして五反田は私のなかで「大きな試写会場」と「うまい魚」の町となったのである。

やっぱり魚が好き 河

釣り好きの友人に誘われたのがきっかけで、去年（二〇一三年）から海へ釣りに行くようになった。この一年で釣ったのはシロギス、アジ、カワハギ、マゴチなど。中には初心者には難しい釣りもあり、冬に行ったカワハギ釣り、初夏に行ったマゴチ釣りではそれぞれたったの二匹しか釣れなかった。それでも、刺身にしたそのカワハギとマゴチの美味《うま》かったこと！ 苦労して釣り上げた魚の味というのはやはり格別だ。それからもちろん、その日の釣果《ちょうか》を囲みながら釣り仲間と飲むビールもまた殊《こと》のほか美味く、こればかりはやめられない。釣りのゲーム性には大いに惹《ひ》かれているが、僕の場合「この一杯のために釣りをやっている」というところが実際かなりあると思う。さしずめ「飲み助の、飲み助による、飲み助のための釣り」といったところか。

僕はもともと、肉よりも魚が好きなほうだ。だが釣りを始めてからというもの、以前にも増して魚、とりわけ刺身への関心が高まってきたように思う。友人が和食屋の話をしていればそこの刺身についてまず訊きたいし、グルメ情報のサイトを見てもまず、その店がどのような刺身を出すのかをチェックしたい。とにかく、刺身でがっかりすることだけは避けたいと思うようになったのだ。

そんな折、五反田の『げってん』を知った。教えてくれたのは、以前五反田に住んでいた友人だった。何をおいても魚のうまい店だというので、これはと思い早速予約を入れた。今回は妻だけでなく「漁労長」の異名をとる、やはり釣り好きの知人が一緒である。

五反田駅と大崎広小路駅の中間あたりに位置する『げってん』は、マンションの一室にひっそりと店を構えている。店内に入ると驚くほど大きな魚を抱えた大将の写真がズラリ。どうやらかなりの釣り好きのようだ。その中に、臨場感あふれるボクシングの試合をとらえた写真が一枚ある。戦っているのは大将で、聞けばバンタム級の元プロボクサーだという。

まず刺し盛りが出てくる。大アジ、天然真鯛、カツオ、トビウオ、クエの五点盛りで、この中ではトビウオが素晴らしかった。あっさりとしていてクセがなく、魚本来の旨味《うまみ》がぎゅっと詰まっている。以前とある島で食べたトビウオよりもずっとおいしかった。

早々にビールをおかわりして、今度は焼き魚を吟味する。一方で漁労長はいつの間にか大将とすっかり打ち解けて、どのポイントで何が釣れる、といった釣り談義に花を咲かせていた。専門用語のシャワーを浴びているような感じで、初心者の僕にはまったくついていけなかったが、気になったことを質問すれば漁労長も大将も、何でも教えてくれた。教えてもらえれば「なるほど！」と膝《ひざ》を打つ話も多く、釣りに行きたい気持ちがむくむくと頭をもたげてくる。そのときにはもう、いま注文したビールが何杯目なのかがわからなくなっていた。

ふっくらと柔らかいのどぐろの塩焼きをつついては、妻と顔を見合わせる。その都度、うまいね、うまいねと言いあうのだが、こんなシンプルな感想を何度も口にしてしまうほど『げってん』の魚は文字通り「言うことなし」だった。そして漁労長と大将の釣り談義はまだまだ続く。とどまるところを知らないとはこのことだなと、楽しい気持ちで思う。

それじゃもう一杯、おかわりすることにしようか。

『げってん』は二〇二三年一月に閉店しました。

第9夜　阿佐ヶ谷の宇和島

日本広しを居酒屋で実感する ㊋

自力で、飲食店をさがすのが苦手だ。だれかに教えてもらえば安心してそこにいくけれど、そうではなく、いったこともない数多《あまた》の店のなかから一軒を見つけていく、ということがなかなかできない。失敗したらどうしよう、と思いすぎるのだ。たった一回の酒の席くらい失敗してもいいじゃないか、と思えない。結果、飲みにいこうとなると、知った店ばかり目指してしまう。

今回は、阿佐ヶ谷の町に用があって、めずらしく、「いったことのない店にいってみよう」ということになった。どきどきする。インターネットで「魚」と検索して出てきたのが『がいや』というお店。宇和島漁港直送と書いてある。阿佐ケ谷駅からすぐ。予約していかなかったけれど、すんなり入れた。

テーブル席に向き合って座り、夫はビール、私はレモンサワーで乾杯。細長い店で、入り口から想像するよりずっと広い。まずお刺身の真鯛とヨコ、漬けアボカドを頼む。ヨコとはまぐろの若魚のことらしい。それからじゃこ天（『げってん』でおいしかったのが忘れられず、頼まずにはいられなくなった）、だし巻き玉子など。お通しで出てきた青菜のおひたしが、出汁《だし》の味が濃くておいしいので、ほっとする。お通しがおいしいということは、料理もきっとおいしいはず。運ばれてきたアボカドにまず感動。しっとりねっとりと味が染《し》みこんでいる。

はじめて食べたヨコ、まぐろよりだいぶあっさりしていておいしい。そうか、宇和島って四国か。前に高知にいったとき、メジカの幼魚、新子《しんこ》をはじめて食べたことを思い出す。鮮度が落ちやすいので、近辺でのみ流通していると聞いた。四国には、私の食べたことのない魚がたくさんあるんだろうなあと、ヨコを食べながら思いを馳《は》せる。じゃこ天も、期待を裏切らずおいしい。と、突然、向かいで飲んでいた夫が、鯛めしについて熱く語りはじめた。

関東生まれの私は、鯛めしというと、小田原近辺の駅弁の、鯛そぼろがごはんにのったものをつい思い浮かべるが、鯛を炊《た》きこんだものも有名らしい。でも、ここの鯛めしは、白いごはんに鯛の刺身と出汁と生卵をかけて食べるもの。宇和島の鯛めしというと、この形式らしいが、東京ではあんまり食べられないのだとか。へえええ、なんにも知らなかったなあ。

ごくふつうに親しくしている人が、自分とはたいへん異なった背景を持っていると実感したのは、二十歳のころで、まさに居酒屋においてだったのを思い出す。同級生の男の子が、ポテトフライや鶏の唐揚げとともに、きびなご、薩摩《さつま》揚げ、馬刺し、などをごくごくふつうに注文し、びっくりしたのである。そのときはじめてきびなごを食べた私は「日本広し」と思ったのだ。その広いあちこちで、この子やあの子は、それはそれはおいしくてめずらしい魚や野菜を食べて成長して、今私と東京の居酒屋にいるのだと思うと、感慨深かった。

満腹になった私は、ひさしぶりに愛する鯛めしと対面した夫を眺めて焼酎《しょうちゅう》の緑茶割りを飲んだ。おいしかった、またこよう、またこようと言いながら店を出て、すっかり気分がよくなって、はじめてのバーに向かったのであった。

本当によかった　㊒

かつて渋谷の宇田川町にあった『宇和島』という四国郷土料理の店がとても好きだった。ランチもやっていて、クアトロというライブハウスのすぐ近くにあったので、そこでライブがある日には必ずといっていいくらい足を運んでいた。目当ては鯛めしだ。

四国の鯛めしには二種類がある。ひとつは炊き込みごはんのような状態で出てくるもの、もうひとつは鯛の刺身を使ったものだ。宇田川町の『宇和島』が出していたのは後者の鯛めしだった。生卵を溶いた醬油《しょうゆ》だれに鯛の刺身を浸し、ゴマやネギなど薬味を加えたのち、それを熱いごはんにかけて食べる。

十数年前だろうか、初めてこの鯛めしを食べたときには「世の中にはこんなにうまいものがあったのか」と、ひとり静かに感激したものだ。それだけに宇田川町の『宇和島』が閉店してしまったのはとても残念だった。

東京の和食屋で、偶然メニューの中に鯛めしを見つけるということはまずないと思う。鯛茶漬けを出すところならあるが、鯛めし、それも「愛媛県南予地方の鯛めし」

を出すところは限られる。あの宇田川町にあった店のように「宇和島」の看板を掲げているところを探して、わざわざそこに行かなければ食べることができないのだ。それだけに、なじみのある阿佐ヶ谷の街で「あの鯛めし」との邂逅《かいこう》を果たしたことは本当に思いがけなく、幸運なことだった。

今日はこのあたりで外食しよう、と何気なく歩いていたところ「この先にちょっと良さそうな魚の店があったんだけど」と妻が言う。どれどれと見に行けば看板に「宇和島漁港直送旬《しゅん》魚と鯛めし」とある。宇和島！ 鯛めし！ 見つけてしまったと思った。無論、迷うことなく入店する。テーブルについて一杯目のビールで乾杯したあと、僕は妻に「鯛めしは絶対に食べようと思う」と言ったのだが、実はこの『がいや』という店に入る前から、そのことは決めていた。料理がおいしい店だと、ついつい色々食べて満腹になってしまい、〆《しめ》の一品までたどりつけないという事態を招くことがあるが、もし万が一そうなったとしても食べよう、そう思っていた。

今思えば、その決意は正しかった。本当に、おいしいものが色々あったのである。まず突き出しの、小松菜のおひたしが出汁に浸《つ》かったようなもの、これを食した時点で「あ、この店はいい」という確信めいたものがあり、妻が「漬けアボカド」という見慣れないものを注文しても、どんな風においしいんだろうと思いこそすれ、悪い予感は何もなかった。それどころか、これには感銘を受けた。漬け物にしたアボカドとはこんなにも柔らかく、風味豊かになるものなのかと。それからじゃこ天。きゅっ、という独特の歯ごたえと、香ばしい雑魚《じゃこ》の味わいにビールが進む。刺身の旨さも申し分なく、例によって今飲んでいるビールが何杯目なのか、すっかりわからなくなる。

他にも、だし巻き玉子やえいひれなど、色々とつまんだ。そして程よくお腹《なか》が満たされてきたところで、僕は用意していた最後のカードを切った。鯛めしである。

仲良くしていた友達とずいぶん久しぶりに会ってみたら、時間の隔たりをまったく感じることがなかった、喩《たと》えて言うならそんな感じだろうか。おいしかった、というより、色々なことが含まれた「本当によかった」という思いがあった。それはたぶん顔に出ていたのだろう。ふと顔を上げると、僕が無心に鯛めしを食べているその様子を、妻が「ああ本当によかったわねえ」という顔で見守っている。

しかしこんなに完璧《かんぺき》といっていい締め方をしても、結局のところ、もう二杯ないし三杯（ついにもう一杯だけとは言わなくなった）飲んで帰ろうという話になるのだな、われわれは。

第10夜　もう一リットルの西荻窪

やった、アタリだ！ のよろこび（角）

あたらしくできた店、というのはなかなかむずかしい。料理や店の雰囲気がどんなであるか、まったく予想がつかない。八割がた、今ひとつだろうなと私は考えている。でも残り二割、すごくいいお店かもしれないという期待がある。ひとりならば、私はその二割に背を押されてあたらしい店のドアを開ける。この独自調査の結果としては、今ひとつ九割、すごくいい一割である。そして今ひとつの店は、早ければ一年以内、遅くても三年のうちにはなくなってしまう。

おそらく夫は私よりもさらに慎重だ。今ひとつ九・五割残り〇・五割くらいに思っているのではなかろうか。あたらしい店の前に立ち、「入ってみようか」と問うと、夫は透視するかのようにじっと店を見つめ「いや、やめよう」と言うことが多い。

ところが、『西荻窪 はや人《と》』という看板をはじめて見つけたとき。黒板が出ていて、だいたいのメニュウはわかるが、店は二階で店内が見えない。客が入っているのか、どんな店なのか。ここ、入ってみようかと私は言ってみた。すると、なんと「うん、入ろう！」との答えが返ってきたではないか。

私たちはおそるおそる階段を上がり、はじめての店のドアを開けた。カウンター席にテーブル席二つの、すっきりした店である。テーブル席で向かい合って、ビールとレモンサワーで乾杯し、思いつくまま料理を頼み、最初に運ばれてきた生牡蠣《なまがき》を食べて、思わず顔を見合わせた。やった、アタリだ！　実際、その日は何を食べてもおいしかった。以来、数度訪れた。

おいしい店はすぐに混んで予約必須《ひっす》になってしまうこの町、まだ予約なしでだいじょうぶかなと言い合い、少し早めの時間に『はや人』に向かう。カウンター席に通されて、またしてもビールとレモンサワーで乾杯。カキカキ、何をおいてもカキ。それから鯛の昆布和《あ》え、お、松茸《まつたけ》が早くも登場している。甘カブとワカメの煮物も食べたい。

この日のお通しはちいさなカップに入った南瓜《かぼちゃ》のポタージュ。これがまた、こくがあっておいしい。素材の新鮮さやいきおいを生かしながら、ほんの少し手を加えて絶妙においしい料理にしている。しかも料理は、あらかじめひとりぶんずつに取り分けて出してくれるのがありがたい。

〆のごはんや麺類《めんるい》のなかに、カレーがある。はじめてこの店にきたとき、年配のお客さんがこれを頼み、おいしいおいしいと連発、おかわりしていた。その日は私たちはおなかいっぱいだったので、別の日に食べてみたところ、本当にまろやかでおいしかった。量もそんなに多くなく、ちょうどいい。この日も、ぱくぱく料理を食べながら、カレーまでいけるかな、どうかな、とひそひそと言い合った。けれども金目鯛の塩焼きを頼み、それを食べ終えたときにはカレーの余地はなくなっていた。しかたない、カレーは今度だ。酒ならまだ入るから、とりあえずおかわりしよう。

ビールの人 (河)

どうして僕はビールばかり飲むんだろう、と思うことがある。焼酎も好きだし日本酒も飲める。飲み屋でおかわりを頼むとき「違うものにしてみようかな」と考えることだってよくあるのだが、結局はいつも「ビールもう一杯お願いします」となってしまう。

そんなビール党なので、自宅には当然のようにビール用のジョッキやグラスがいくつかある。あるとき気になって、よく見る一般的な中ジョッキには一体何ミリリットルのビールが入るのかを調べてみた。泡の量にもよるが、丁寧に注げば三五〇ミリリットルの缶ビールが（上部三割ほどが泡となった状態で）ちょうど入ることがわかった。ジョッキやグラスの大きさ、また注ぎ方も店によって少し違ってくるだろうから、あくまでこれは概算だ。つまり飲み屋でビールを七杯飲んだとしたら、少なくともだいたい二・五リットルの量を飲んでいることになる。水だったらそんなには飲めないのに、なぜかビールだとこの量がすいすい入ってしまう。本当に不思議だ。

その「ビールばかり飲む」という点は、お店の人から見た僕のわかりやすい特徴でもあるらしく、『西荻窪 はや人』ではすっかり、僕は「ビールの人」になってしまった。

『西荻窪 はや人』は二〇一四年の春にオープンしたお店で、開店して間もない頃に妻とふたりで行った。料理がとてもおいしかったので、その後も友人を連れて何度か足を運び、今回もまた妻と顔を出した。店内は明るく清潔。広くはないが開放感がある。L字カウンターの内側がオープンキッチンになっているからだろう。

大将の人柄もやはり開放的で、ちょっとした冗談で客を楽しい気持ちにさせるのがとても上手だ。僕がビールのおかわりを注文すると調理の手を止めないまま「もうサーバーごと出しちゃって」というようなことを、わざと真顔で従業員に言ったりする。「いやいや、そんなには飲みませんよ」笑ってそう返してみれば（そのときはうまく言語化できないのだが）なにかとても良いものを、さりげなく受け取ったような気がしている。それは「どうぞゆっくりしていってくださいね」「楽しい時間を過ごしてくださいね」という大将の気持ちのように感じるし、実際、そんな小さなやりとりが料理やお酒を、よりおいしいものにしてくれる。

こっくりと濃い「生牡蠣」、ほんのり甘いカツオだしがよく染み込んだ「甘カブとワカメの煮物」。それから「天然鯛昆布和え」は、キリッと締まった鯛の身と昆布の旨味のあとに、胡麻《ごま》のふわっとした風味が追っかける。『はや人』の料理はどれも本当においしいものばかりだ。

でもどんなにおいしい料理も、その場の雰囲気が良くなければ、きっと台無しになってしまう。だからいつも楽しい気分で飲ませてくれる『はや人』に行くと、われわれ夫婦の合言葉「もう一杯だけ飲んで帰ろう」も、僕の中ではついつい「もう一リットルだけ飲んで帰ろう」になってしまうのだ。

大将はお店のビール残量を心配する冗談を言ったりもするのだが、あれは案外半分くらい本気だったりして……。

第11夜　香港《ホンコン》で蟹《かに》静寂

人生でいちばんかもしれない 角

友人が香港に住んでいて、二〇一三年、四人で遊びにいった。二泊三日の短い旅だったが、あまりにもたのしかったので、来年もいこうと言い合った。そして二〇一四年。なんとかみんなで予定をすりあわせ、十一月某日、香港は尖沙咀《チムサーチョイ》ののっぽビル前で、去年と同じメンツで落ち合えた。

アイスクエアという名ののっぽビル前の店を、香港在住の友人が予約してくれていた。『滬江《ウーコン》大飯店』という店で、上海蟹《シャンハイがに》のコース料理があるらしい。

この季節はやっぱり上海蟹である。まわらない円卓につき、青島《チンタオ》ビールで乾杯する。

私が上海蟹に目覚めたのは、二年前だ。それまでは上海蟹のおいしさがよくわからなかった。上海で食べてさえ、わからなかった。わからないことがかなしくて、毎年食べていた。そして二年前、知人にある店に連れていってもらい、そこで食べた上海蟹で、突如開眼したのである。こんなにもおいしいものだったのか。私は無言で蟹の身をほじってむさぼり食べた。食べ終えるまでだれの声も耳に入らず、私は一言も発しなかった。食べ終えてそんな自身を恥じるほどだった。でも、そのくらいおいしかった。そして食べものにかんしてよくあることだが、一度開眼すれば、その後はどこで食べようと、ずーっとおいしいのである。

上海蟹コースは蟹肉蟹味噌《かにみそ》入りフカヒレスープからはじまる。とろみのあるスープで体が温まる。ワインに切り替え、夢中であれこれ話しながらスープを飲み、続いて出てきた蟹味噌入り水餃子《すいぎょうざ》を食べる。そうして、上海蟹の登場である！　この季節は雄がおいしいということで、出てきたのは雄。お店のおねえさんがひとつずつ割り、食べられない部分を削り取ってくれる。さらに食べかたを指南してくれ、みんな彼女を真似《まね》てはさみで身と脚を切り離す。

ああ、味噌が濃厚でおいしい。私の意識があったのは、ここまで。またしても二年前と同じ、だれの声も聞こえない状態になって、ひとり黙々と蟹を食べ続けた。はっと我に返ってみれば、けっこう広い店なのにすべてのテーブルが埋まっていて、たいへんなにぎやかさ。私のテーブルの友人たちもにぎやかに会話している。私ひとり、蟹静寂のなかにいた。

しかしこのあと、さらなる衝撃があったのである。蟹後、蟹の入ったあんかけごはんと青菜炒《いた》めがひとりぶんずつ出る。私は夜は（酒優先のため）ごはん類はあまり食べないし、このごはんの見栄《みば》えがあまりよくなかったので、味見程度のつもりでほんの少し食べてみた。そして思わず、「何コレーッ」と叫んでいた。あんかけの餅米《もちごめ》ごはんが、異様なおいしさなのである。食べたことのないおいしさ、生まれてはじめてのおいしさ、今まで食べたすべてのもののなかでいちばんおいしい、人生でいちばんかもしれない、私たちは口々に言い合ってそのごはんをばくばくと食べた。

それにしても香港のレストランにはたいてい面倒見のいい人がいて、どんなに混んでいようが、忙しかろうが、何か訊《き》けばテーブルにはりついてていねいに説明をしてくれ、その後、ずっと気にかけて「何か困っていないか」と訊きにきてくれる。本当に気持ちよく飲食できる。

来年もこの店でこのコースを食べようとみんなで誓い、さらに飲みに出かけた私たちであった。

力の限り香港 河

七年ほど前まで、香港にはよく行っていた。日本でできた香港人の友達に会いにいくためだ。そのつど色々な街を案内してもらったり、香港人たちの輪に混ぜてもらったりと楽しかったが、その友達と疎遠《そえん》になってからというもの、訪ねる機会はすっかりなくなってしまった。もう行くことはないのかもしれない、そんな風に思うこともあった。

ところが去年、妻やふたりの知人たちと香港についての話で盛り上がったことから、四人の間で香港旅行の話が持ち上がった。全員共通の知人が現在香港で働いている、そのことがまた、話に勢いをつけた。みんなで彼女に会いにいこう！　そしておいしいものを食べよう！　飲もう！

それが実現したのがその年の秋。どうしても外せない仕事が急に入ってしまったため、僕だけは一泊二日という弾丸旅行になってしまったのだが、それでも七年ぶりの香港は楽しかった。

トリュフが入っているという珍しい鍋《なべ》料理を食べ、翌朝は朝食を求めて妻と屋台へ。

地元の人々で混雑している店を見つけ「あそこはおいしいに違いない」そう期待して汁そばを注文したが、出てきたのはインスタント麺と、インスタントコーヒー。香港で「出前一丁」が人気だということは知っていた。しかしまさか、ここまで人だかりができるほどの定番メニューだったとは……。なんとなくしょんぼりしながらも、律《りち》儀《ぎ》に出前一丁を腹に入れる。その結果として、昼食で行くことができた有名店『陸羽《りくう》茶室』の点心が満足に食べられなかったことは痛恨の思い出だ。夜は「生演奏カラオケバー」のようなところで飲み、酔った常連客に請《こ》われて、歌う人のバックでドラムを演奏、その後さらに中華料理屋で飲み食いして、深夜便で帰国した。さすがに、へとへとに疲れ果てた。

だがこんな風に「力の限り遊ぶ」ということがついぞなかったからだろう、仕事にまつわるストレスを霧散させ、気持ちをすうっと楽にしてくれる、そんな不思議な薬のような記憶が僕には残った。そしてわれわれ四人は「いや、あれは本当に楽しかった」と後日話し合い、新たに計画し、今年ふたたび香港の街へと繰り出したのだ。

今回の香港ですばらしかったのは、尖沙咀にある『滬江大飯店』の上海蟹だ。今年もまた来られたねと青島ビールで乾杯し、この店おすすめの「上海蟹づくしセットメニュー」をいただく。その内容は蟹肉と蟹味噌入りフカヒレスープに始まり、姿蒸し、それから蟹味噌入り水餃子など。上海蟹づくしでありながら、一品一品の味わいに似通ったところがないのがすごい。そしてこのコース終盤に登場する「蟹肉と蟹味噌のもち米蒸し」これが想像を絶する美味さだった。今まで食べてきたものの中でいちばんおいしい、と思った。

一人前の量が比較的少量だったのでビールも大いに進んだが、夜はこれからとばかり、食後のわれわれは中環《セントラル》のバーへと向かう。もう一パイントだけ飲んで帰ろう、そんなことを言うにはまだ、時間が早すぎるのだ。

第12夜　ラオス経由吉祥寺

ここでなら自分に正直に㊊

あまり公言しないが、私は激辛好きである。公言しないのは、激辛好きを恥じているから。大食いはなんとなくかっこいいのに、激辛って何かかっこわるいと私は思っている。辛いものを辛くして食べていると、「がんばってそうしている」ように見られることがある。無理しなくていいよ、などと言われると、いたたまれなくなる。無理じゃない、本当に好きなんだ、辛いものが。

数年前から、隠れ激辛好きが集まって、四川《しせん》料理やタイ料理など、辛いものを思いきり食べるようになった。『ランサーン』は、辛いもの好きのひとりが教えてくれた店だ。ラオス出身の店主が作るラオス・タイ料理の店である。

この店の何がすばらしいかって、辛くしてください、と注文時にお願いすると、本当に辛くしてくれることとだ。ふつうのことだと思うかもしれないが、辛くしてくださいとお願いして辛くしてもらう、それだけのことをほかの店で体験したことがない。そして、辛いのにちゃんとおいしい。

辛さを追求していくと、苦みになる。辛さがウリのカレー屋さんやラーメン屋さんで、究極に辛いとされる料理を食べて、「苦い」と感じることはままある。苦くて痛いだけで、おいしくない。辛さがすべての味を覆《おお》い尽くしてしまっているのだ。でも『ランサーン』の料理は、どんなに辛くても香り高く、素材の味もスパイスの味もハーブの味も残っている。

ぐんと冷えこんだある夜、夫とこの店で落ち合い、まずレモンサワーとビールで乾杯をした。バジル炒めをあっという間にたいらげて、春雨《はるさめ》サラダ、海老《えび》の唐辛子炒め、豚肉とニンニク揚げ、竹の子炒め、チャイニーズケールと焼豚炒め、じゃんじゃん頼み、すべて辛くしてくださいとお願いする。

豚肉とニンニク揚げに、いつもはのっていない揚げた唐辛子がのっている。ラオス産の唐辛子らしい。この唐辛子を豚肉とともに口にし、私たちは「ケフケフケフケフケフケフ」と次々とむせた。辛い！　でもおいしい!!　レモンサワーをごくごく飲んではまた食べる。辛い！　でもおいしい!!　食べやめることができない。蒸したもち米を注文し、それで辛さをまぎらわせてまた食べる。そして竹の子炒め。豚肉と竹の子を炒めたシンプルな料理だが、どうすればこの味になるのかまるでわからないくらい、おいしい。この店には何度もきていて、くるたびぜったいに頼む料理だ。うう、これも今日はとくべつに辛い。店主の気合いが感じられる。

あまりの辛さに脳がしびれたようになって、意味のある会話ができない。辛い、おいしいしか口にできない。気がつけば隣の夫はずいぶん前から一言も発さず、ただ「シーシー」と息を漏らして食べ続けている。レモンサワーが進む進む。ほとんど満席だった店内に、気がつけば辛さとおいしさに悶絶《もんぜつ》している私たちしかいないではないか。体はすっかりあたたまった。激辛を求める心も満足した。店を出て、おいしかったねと言い合って駅まで向かう。明日からまた、激辛好きであることは極力隠して暮らすのである。

その向こう側 ㊒

辛いもの、それも東南アジアでよく食されているようなとても辛い料理を楽しめるようになったのは、ここ最近のことだ。

結婚する前までは、どちらかといえば苦手だった。「ピリ辛」程度のものは好きでも、それ以上に辛い料理となると、唐辛子の刺激が強すぎて味がわからないのだ。だから好んで食べようとは思わなかった。

ところが妻が大の辛いもの好きだったことで、僕の考え方は少しずつ変わってきた。あるとき妻に尋ねたことがある。一体どうして、普通ではない辛さのものがそんなに食べたいのかと。返ってきた答えはこうだ。「生きている実感が湧《わ》いてくるから」。なんとなく、わかる……。わかるけれども、でも理由がそれだけだとは思えない。そこでさらに尋ねると「結局はおいしいから」だという。

刺激物をどんどん食べることで、味蕾《みらい》という舌の器官が衰え、辛さに対する感覚が鈍化する。すると「その向こう側にあるおいしさ」がわかるようになってくるらしい。新しい味覚の世界が、扉の向こうに広がっているということか。

なるほどそういうことならと、以後は興味をもって辛いものを食べるようになった。友人知人と誘い合わせて、タイ料理やブータン料理などの店に行く機会も増えた。そうこうしているうちに(口の中を何度も火事にしてきたおかげで)僕の舌もいくらかは鍛えられたらしい。少しずつではあるが、おいしさの違いがわかってくるようになり、もう一度行きたい、と思う店もいくつかできた。

中でも吉祥寺にあるラオス・タイ料理店『ランサーン』はわれわれ夫婦お気に入りの一店で、もう何度も足を運んでいる。

この日は雪でも降るんじゃないかと思うほど寒い日だった。早いところ唐辛子で暖まろう、と思いながら店に駆け込み、まずはバジル炒めで乾杯(いつものように僕はビール、妻はレモンサワー)。これはさほど辛くなく、ひき肉の旨味《うまみ》とバジルの爽《さわ》やかな風味が食欲をそそる。次いで注文した、カオニャオダム(蒸したもち米)との相性も抜群だ。

いちおう断っておくと、『ランサーン』の料理は全部がものすごく辛いというわけではない。基本的には、誰でもおいしく食べられる味付けになっている。ただわれわれがこの店に行くときはいつも「めいっぱい辛くしてください」と注文するので、それはもう、たいへんな辛さに仕上がった料理が出てくるわけなのだ。

今回でいちばん強烈だったのは「豚肉とニンニク揚げ」に入っていた唐辛子。それとは別に「海老の唐辛子炒め」というのも食べていて、そこで使われていた青唐もかなりの刺激だったのだが、ニンニク揚げの方はそれ以上だった。舌が焼けるように熱く、頭もじーんと痺《しび》れてくるようだ。もちろん汗も止まらない。たまらず呷《あお》ったビールには鎮静作用があまりなかったので、レモンサワーに切り替えてハイピッチでおかわりし続けた（こちらのほうがエスニックには合う気がする）。

だが、なんということだろう、こんなにも辛いのに、この料理について正直な感想を簡潔にまとめると「ものすごくおいしい」ということになってしまう。もっと言えば、それまでは辛すぎてわからなかった「唐辛子そのものの香ばしさ」が、この料理のおいしさに一役も二役も買っているということが、今の僕にはわかるのだった。これが「辛さの向こう側にあるおいしさ」か！

新しい扉を開けた喜びに浮かれつつ、レモンサワーをもう一杯だけ。いや、めいっぱい辛くしてもらった「竹の子炒め」がまだ残っているから、もう二杯ないし三杯だけ……。

第13夜　西荻窪でジュージュー

今日のゴール設定 (角)

西荻窪のとあるビルの地下に、飲食店が三軒入っている。そのうちの一軒が『Grill かまくら』。このお店はずっと以前からあって、私がはじめていったのはもう二十年くらい前。そのとき食べた生春巻に感動したことを覚えている。地下にある三軒の店のうち、二軒は幾度かかわったが、『Grill かまくら』はずっとある。ずっとあることに安心して、かえってしょっちゅういくことはない。ものすごくおいしい店とわかっているのに。

鉄板焼きの店というとなんだか身構えてしまうけれど、このお店はカジュアルで、酒類も豊富。夫はビール、私はシークワーサーの酒で乾杯。生春巻をまず頼み、合鴨《あいがも》と地鶏のつくね、原木椎茸《しいたけ》フォアグラバター、トロサバ焼きを注文する。そしてメニュウを二人でじーっと凝視し、「焼きそばがあるね」「あるね」とひそかに言い合う。ふだんは自覚していないのだが、飲食店のメニュウにあるとたちまち露呈する、私たちの焼きそば愛。このお店には四種類もの、すばらしくおいしそうな焼きそばがある。メニュウのあれこれを食べたいけれど、とりあえず焼きそばをゴールに設定して、調整しながら食べようと決め、運ばれてきた生春巻を食べる。錦糸卵《きんしたまご》とサーモンの入っている生春巻、二十年前からずっと、くるたびに感動している。一皿食べ終えるちょうどいいタイミングで、次の料理が出てくる。店内でひときわ存在感のある、うつくしく光る鉄板で、店主がこちらの様子を見ながら調理してくれるのだろう。途中、私はグラスワインに切り替える。

　じつは私の目は、メニュウの「地鶏のレバー」「厚切りベーコン」「フレッシュトマトとチーズの鉄板オムレツ」などに釘付《くぎづ》けになっている。それらは私の大好物であるが、夫はまず好んで食べないものだ。私たちは外での飲食が大好きだが、食の好みが正反対である。たとえばラーメンなら私は背脂《せあぶら》多めのとんこつ味、夫はあっさり醤油《しょうゆ》味。生肉と肉の内臓系を夫は食べず、私の愛する卵とチーズにもさほどの関心がない。夫が狂おしく愛するのは出汁《だし》、野菜、鯛などの白身の刺身。それらに私はさして関心がない、といった具合。そうした食の好みの違いはずっと前から了解しているので、飲食店では何を優先するかをまず考える癖がついた。狂おしく食べたいときはひとり好物を頼み、あれこれ食べたいときは二人で分けられるものを注文する。今日の最優先はゴールの焼きそば。だから、二人で分けられるものしか注文しない。一品一品、安定のおいしさである。二十年以上お店があるのも納得する。カリカリ油揚げスライスオニオン（油揚げからはみ出して焦《こ》げたチーズが、たまらなくワインに合う！）を追加して飲み続け、なんとなくもうおなかいっぱいなのだが、気合いで焼きそばを頼んだ。

なんとここの麺はセモリナ粉を練った自家製パスタ。野菜がたっぷりで、麺はもちーっとしていて意外なおいしさ。鉄板で焼いた焼きそばっていいなあとあらためて思う。おいしい、おいしいと言い合いながら食べ、しかしなんということだろう、どちらかというと小食の私たちは完食できず、満腹の蓋《ふた》が閉まってしまった。あまりにもおいしいので、残りを持ち帰らせてもらい、「とりあえず腹ごなしにもう一杯」と、いい気分でさらに飲みにいったのである。

スローボールと鉄板焼き㊋

食事の席などで初対面の人に自己紹介をするとき「ミュージシャンをやっていて、今はライブツアー中です」と切り出すことは多い。そしてその反応として最も多いのが「いいですね。いろんな所に行けるから、きっとおいしいものもたくさん食べられるでしょう」というものだ。

もう何度となく繰り返してきた会話のキャッチボール。お互い、まずは胸の真正面に自然な球を放ってきたという状況だ。二球目もやはり自然に、相手のグローブが待っている位置めがけて直球を返したい。つまり「そういえば最近行ったどこそこのアレが絶品で」くらいのことはさらりと言ってみたい。

しかし、どうもそういうわけにはいかない。

確かに日本各地のおいしいものは食べてきたかもしれない。でも「おいしさの違い」を説明するのが比較的むずかしい食べ物、というのも確かにあって、それが脳裏をかすめると、僕の返答は「そう……ですね」といった歯切れの悪いスローボールになってしまうのだ。

たとえば鉄板焼き。

広島でライブが終わると、夜はいつも鉄板焼きの店に行く。行くところはだいたい決まっていて、堀川町〜胡町界隈《えびすちょうかいわい》の店か、お好み焼きの店が密集する新天地のビル「お好み村」である。こんなことを言うと、お好み焼きには一言も二言もある広島県民のみなさんに「わかってない！」と怒られてしまいそうだが……正直に言って、どの店もみな一様にとてもおいしいと思う。どこに行っても活気があり、東京にはないおいしさがあり、帰るときにはいつも、広島に来てよかったと思う。その記憶が僕にとっての「良き鉄板焼きのイメージ」で、鉄板焼きについて何かを言うとき、僕はその抽《ひ》き出《だ》しを開けるしかなかった。

鉄板焼きといえばほとんど広島の店しか知らない。正確に言えば「広島のお好み焼き屋が出す鉄板焼き」しか知らないので、お好み焼き屋と鉄板焼き屋を混同しているところさえある。鉄板焼きについての僕の認識は、それくらい偏《かたよ》ったものだったのだ。

そんな人間が西荻窪にある『Grill かまくら』に行ってみてまず思うのは「意外」ということで、それからもうひとつ、ひとことで「鉄板焼きの店」と言えないところがあるな、ということだ。簡潔に言おうとしても「おしゃれな鉄板焼きレストラン」くらいの情報量になるのではないか。

店内はとても落ち着いた雰囲気で、普段なら「お疲れ！」と乾杯するところ、チンと静かにグラスを当てたい気持ちになる。じゅうっ！と気持ちのいい音が聞こえたあとに出てくるグリル料理（原木椎茸フォアグラバター、合鴨と地鶏のつくね、トロサバ焼き特製醬油、カリカリ油揚げスライスオニオン、などなど）がまた、とても丁寧に焼かれていて美しい。そしておいしい。軽くてすっきりとしたハートランドビールとの相性も抜群だ。

最近夫婦で観《み》に行った映画の話などをぽつぽつとしながら、ああ、こういうスローペースのキャッチボールもなかなか楽しいものだな、と思う。

とはいえやはりそれなりの量は飲んでしまうもので、ゆったりとした心持ちのまま「もう一杯だけ飲んでいい？」と妻に訊いている自分がいるのだが……。

第14夜　二度づけ禁止の高田馬場

はふはふ快楽物質㊍

ともに飲んでいた友人が、「すごくおいしい」串《くし》カツ屋を教えてくれた。早速翌日、夫を誘って高田馬場に出向いた。

駅前ビルの地下に『串かつ えいちゃん』はある。てっきりカウンターだけのこぢんまりした店かと思っていたが、店内は広い。壁にずらりとお品書きが貼《は》ってあり、店の中央、教壇のように少し高くなった位置に揚場がある。いつものようにレモンサワーと生ビールで乾杯。生ビールのセットで出てきた穂先メンマのつまみが、癖になるようなおいしさ。お通しは生キャベツ。

串カツ(牛)、豚、山芋、茄子《なす》、紅生姜《べにしょうが》、好きなものを注文票に書き入れていく。テーブルごとに大きなソース入れがあり、もちろん二度づけ禁止。サバ、いわし、だし玉子焼、鶏皮、なんてめずらしいものもある。だいたい百円から二百円。注文するや、すぐに揚がって出てくる。あつあつの串揚げを食べるとき、脳から快楽物質が出るような気がする。

衣が薄い串カツを出す店と、厚い店がある。この店の衣は薄いが、でも薄すぎもせず、軽くもちっとした生地の食感も味わえる。はふはふ食べる。本当だ、お勧めされたとおり、おいしい！

このお店、メニュウの品数がじつに多い。おでんもあるし（この日は売り切れ）、どて焼もあるし鉄板焼もある。ハラミのすじ炒めなんて、そそるじゃないか。ごはんものも、揚げおにぎりだの明太子御飯だのＴＫＧ（卵かけごはん）、チャンジャＴＫＧと、「うわ、わかってる！」と言いたくなるような組み合わせである。レモンサワーを何杯か飲んで、バイスセットに切り替える。焼酎《しょうちゅう》と、しそ風味のジュースのセットだ。バイスがあるところがまたうれしい。第二弾、ばくだん（ゆで卵！）、いか、ウインナー、などなど追加する。

少し前まで東京に串カツ屋はほとんどなかった。串揚げ屋はよくあるけれど、こちらはコースがほとんどで、少々値段が高い。予約をして、「今日は串揚げ」ときちんと心づもりをして出かけるような場所だ。だからはじめて大阪で串カツを食べたときは感動した。一本ずつ好きなものを頼めるし、安いし、わくわく感がある。ちょっと子どもじみたわくわく感で、それがまた、うれしい。その大阪の店で「ソース二度づけ禁止」の貼り紙を見て、「都市伝説ではなかったのか」と驚いた。このところ、ようやく東京でも串カツ屋さんをよく見かけるようになった。ふらりと気軽に入れて、本当にありがたいことである。

二時間制らしく、ラストオーダーだと告げられる。夫、大好物の海老を頼む。いつものことながら私は満腹、明太子御飯はおろか、肉吸いにもたどり着けない情けなさ。二時間って短いと思ったけれど、そもそも串カツは、だらだら居座って飲み食いするものではないのだなと気づく。さくっと食べてさくっと飲んで、さ、もう一軒いくか、とさらっと出ていくべきなのだ。しかし、いい店を知った！

揚げもの再評価 ㊒

たいていの子どもは揚げものが好きだと思う。鶏の唐揚げ、コロッケ、とんかつ、エビフライなどなど。ご多分に漏れず僕もそうだった。食卓にコロッケが出てくると（心の中で）よし、とガッツポーズをしたものだったし、初めて舞茸《まいたけ》の天ぷらを食べた時は、そのあまりのうまさに目頭が熱くなったほどだ。天ぷらがおいしくて泣くなんて嘘《うそ》みたいだが、僕はそういう、変に繊細なところがある子どもだったのだ。

ところが二十代になると、ぱったりと揚げものを食べなくなった。出汁や白身魚の旨さにあらためて感じ入るようになったのもこの頃だ。ああ、自分はこういうものが本当に好きなんだな、と思うにつれ、それと反比例するかのように揚げものへの関心は薄れていった。飲み会の席などで鶏の唐揚げが視界に入っても「なんだ唐揚げか」くらいの気持ちだ。ちょっと軽んじているようなところさえあったかもしれない。我が事ながらひどい心変わりだと思う。かつてあれほど好きだった揚げものなのに……。

僕の中で「揚げもの再評価」の気運が高まってきたのは、三十代に入ってからのことだ。これはやはり、揚げもの好きの人と結婚したことによるものだろう。食べる機会が自然と増え「あれ、カキフライってこんなに美味《おい》しかったっけ？」「コロッケってなんて美味《うま》いものなんだ！」そんなことを思うようになった。春野菜の天ぷらなど、今では大好物のひとつである。

そして串揚げ。これは二十代を通じて僕が最も軽んじていた食べ物のひとつであり、わざわざ専門店に行って食べようなどとは考えもしなかった。関東で育ったので、大阪の串カツが関東のものと違うのだということもずっと知らなかった。同じようなものだろうと高を括《くく》っていて、せっかく大阪に行く機会があり「今夜串カツの店に行くのはどうか」と提案されても、難色を示すありさま（ああ、なんてもったいないことをしたのだ）。あの時の自分に言ってやりたい。大阪流の串カツは本当に美味いから一度食べてみろと。

高田馬場にある『串かつ　えいちゃん』は本場大阪スタイルの串カツ専門店。ソースが共用のため二度づけ禁止であることや、串揚げの衣がとても薄く、素材の味を感じやすいのが大阪流の特徴だ（僕が大阪の串カツを好きになったポイントもこの、衣の薄さ。食べやすいし味も良い）。もちろん揚げたてなので、しつこい油っぽさもない。メニューがとにかく豊富で、一本あたりの価格が安いのもうれしい。

店内に入ると、かなり賑《にぎ》やかな雰囲気だ。ほとんど満席に近い状況で、先に入って待っていた妻を奥の席に発見、いつものようにビールとレモンサワーで乾杯する。注文は、なにをおいてもまずは串カツ。それに紅生姜、キス、山芋。特大えびは後の楽しみにとっておくとして、ああ、もちとか茄子もいいなあ……。

まさかこんな風に、悩ましくも楽しい気持ちで串カツのメニューを眺める日が来るとは、十年前だったら考えられなかった。再燃した揚げもの愛に、そしてそのきっかけを作ってくれた妻に今夜は乾杯！

『串かつ　えいちゃん』は二〇二二年四月に新宿三丁目へ移転しました。

第15夜　荻窪・カンヅメ・ソウル

近所ソウル㊜

夫が超のつく忙しさで仕事場にこもっている。食べることも忘れて仕事をしているんだろうなあと思い、近場でちょこっとごはん食べよう、と誘ってみる。そういえば阿佐ヶ谷にいい韓国料理のお店があったと調べてみるも、残念なことに閉店している。いったん韓国料理と思ったがために頭がそこから離れない。荻窪で韓国料理店をさがしてみると、一軒あった。

『味家《あじや》』にいってみる。店内はテーブルひとつ残して満席、すごい人気である。先に着いた私は空いたテーブルに案内してもらい、メニュウを眺める。ものすごく豊富。いも豚を使ったサムギョプサル、各種チゲ、カムジャタン、一品料理もずらりとあって、何を食べようかものすごく迷う。迷いつつ周囲を見まわすと、驚いたことに全テーブル、サムギョプサルを食べているではないか。

なんにも予習せずに入ったけれどこの店はサムギョプサルで有名なのだろうか……それともたまたま？　でもあれを食べてしまうとほかのものが食べられない……チヂミもチャプチェも食べたいんだよな……あっ、ケジャンがあるケジャン食べたい……

と激しく思い悩んでいるところに夫がやってくる。ビールとレモンサワーで乾杯し、みんな頼んでいるし、と豚三段バラセットとキムチ、チョレギサラダを頼む。テーブルに素早くガスコンロとサムギョプサル用鉄板がセットされ、うつくしい豚バラ肉と野菜が登場する。お店の人が長い豚バラ肉とにんにく、キムチを鉄板で焼いてくれる。焼き上がると肉を切り、食べかたを指南してくれる。野菜にまず辛ねぎ、肉に塩ごま油をつけてのせ、味噌《みそ》、焼いたキムチとにんにくをのせてぱくりと食べる。おいしい。

去年、今年と二年続けて、友人たちと一泊の韓国旅行にいった。みんなで集まってごはんを食べるのである。毎回思うのが、韓国の人は本当に親切だということ、そして韓国のごはんは本当においしいということ。野菜で肉を包んで食べるってけっこう面倒なことだけれど、韓国料理にはそうして食べるものが多い。面倒をいとわずにおいしいものを食べる心意気に敬服する。焼き肉屋ではほとんど野菜を食べない私も、韓国料理屋ではちゃんと肉を野菜で巻く。韓国の食堂ではいつもお店の人が慣れない私たちにつきっきりで、食べかたの間違いを指摘し、肉の焼きかたを正し、付け合わせのサラダが少なくなった人にはすかさず追加してくれる。韓国のたいていの飲食店の店員さんたちは、接客というより親戚《しんせき》のおじさん・おばさん的な親身さで接してくれて、いつも安心する。マニュアル対応と正反対の、体温の感じられる対応なのだ。

むー、おいしくてばくばく食べたのだが、やっぱりぜんぶは食べきれない。おなかいっぱいで食べられないのだが、水分は入るので、久しぶりに会った夫とサワーとビールのグラスを重ね、近況報告をする。チヂミとケジャンはまた今度にしよう、いやいや、今度きたらカムジャタンを頼んでまた食べきれない結果になりそう……などとひそかに思い悩みながら、もう一杯だけおかわり。

今日はなんだか 河

これまでの人生において、太ったという経験がない。子どものころからずっとやせていて、食べすぎたり飲みすぎたりする日が続いても（不思議なことだが）体型が変わるということがないのだ。お酒はビール一辺倒で飲み会に行けば三リットルは飲むというのに、ビール腹の兆候も今のところない。

基本的に野菜や魚など、さっぱりとしたものを普段好んで食べているからかもしれない。刺身、豆腐、もやし。それから切り干し大根、うどん、ボウルいっぱいのサラダ。たとえばこういったものが僕の好物なのだが……それにしても、これらの品々から感じられる力なさはどうだ。もしプロフィール欄に「好きなもの 焼肉」と書いてあるのを見たら、この人は元気がありそうだなという印象をなんとなくは持つものだろう。それとは反対で、このラインナップに関しては、たまには肉も食べたほうがいいよと自分に言いたくなる。

しかし食の好みがまったく違う人と暮らしているので、実際はそこそこ、肉も食べている。先日も、ちょっと仕事が立て込んでスタジオに缶詰になっていた僕を心配した妻（好きなもの　焼肉）が、忙しくてもちゃんと食べたほうがいいよと韓国料理屋に誘ってくれた。荻窪にある『味家』という店だ。

おいしいと評判の店らしく、こぢんまりとした店内に入ってみれば確かにほぼ満席、少し大きめに話さないと声がかき消されてしまうほどの活気でいっぱいだ。そしてどのテーブルでも豪快に肉を焼いている。

壁の貼り紙には「瑞穂《みずほ》のいも豚」とある。説明によれば瑞穂というのは日本の美称で、稲穂が豊かに実る国、というような意味らしい。国内の充実した環境でさつまいもを食べて育った豚ということか。

まずはビールとレモンサワーで乾杯し、店おすすめのその「いも豚」を食べてみることに。味家満腹コース、というメニューの中から「豚三段バラセット」を注文、キムチやサラダをつまみながら待つ。

ややあってサムギョプサル用の鉄板がテーブルに設置され、メインのバラ肉が登場。これが実に立派な肉で、質がよいものなのだろうなと思わせるきれいな桃色をしている。疲れているときは豚肉を食べるといいというし、よし、今日はしっかり食べよう、そう思いながらおかわりしたビールはこの時点で三杯目。いつもならなんでもない量だが、あれ、なんだか今日はもう、そこはかとない満足感が……。

昼食は軽めだったので、かなり空腹ではあった。食欲もあったし、実際「いも豚」は甘くてとてもおいしかった。ただ、この日の僕は自分が思っていた以上に疲れていたらしい。めいっぱい、というほどには食べられず、ビールも四杯目を飲んだら本当にお腹《なか》がいっぱいになってしまった。スタジオに戻らなければならなかったので二軒目にも行けず、今回は不覚にも「もう一杯だけ飲んで仕事に戻ろう」という展開に。

次回こそはきちんと（というのも変だが）はしごしたい。

『味家』は二〇一八年十二月に西荻窪へ移転しました。

第16夜　芝居のあとの下北沢

大人の下北沢 角

下北沢は私にとって音楽と演劇の町である。十八歳のときから（ってことはもう三十年も！）芝居と音楽を見聞きしに通っている。そのほかの用事でこの町にくることはめったにない。当然、ごはんを食べる町でもない。芝居を見たあとやライブ後に飲み食いしようとすると、時間もないし、おいしいものをゆっくり食べようということにはならず、予約なしでも大勢が入れる格安居酒屋、というコースが多い。私の脳内では下北沢＝若者用居酒屋である。

今回も芝居のあとに飲みにいったのだが、ここ『千真野《せんまや》』は、私にとってはじめての大人っぽい静かな下北沢である。

個人的な話で恐縮だが、バンドマンだった夫がバンドをやめて独立した。その独立後、初の仕事が演劇の音楽担当だったのである。その芝居後、観劇にきていた友人に連れてきてもらったのが、この、はじめての大人の店というわけだ。連れてきてもらわなかったら、見つけ当てることはできなかっただろう。それくらい、おもての看板が奥ゆかしい。

夫と、観劇後の数人を交え、ビールとレモンサワーで乾杯。お通しの煮物には根菜、干し椎茸、こんにゃくなど。しっかり味がしみているのに、味つけが濃くない。絶妙。お通しのていねいな店はすべての料理がうまいの法則を、思い出す。自分で作った法則だが。

本日の献立が書かれた黒板を見ながらあれこれ注文する。お刺身の盛り合わせ、ポテトサラダ、若筍煮《わかたけに》、ホタルイカとタラの芽の天ぷら、鶏レバーの山椒煮《さんしょうに》、鰆幽庵焼《さわらゆうあんやき》。人数が多いとたくさん頼めてしあわせである。

大皿で出てくるのかと思いきや、すべての料理がひとりぶんの器に分けられて運ばれてくる。なんでもみごとにおいしいのだけれど、新玉ねぎとわかめの酢の物とか、鶏レバーの山椒煮などのちょっとした料理が、うなるほどおいしい。しっかりと味がついているのに濃くない、というお通しの印象がほかの料理にもあてはまる。お刺身盛り合わせのホタルイカと、天ぷらのホタルイカ、どちらもすばらしすぎて思わず天を仰ぐ。世のなかにはおいしいホタルイカと、そうではないホタルイカがあると知ったのは、じつは二年前。それより前は、そうではないホタルイカしかないと思っていた。あるのだ、こういうきちんとしたお店には。おいしいおいしいホタルイカが。

初対面の人も含め、みんなでお芝居の感想を言い合い、音楽の感想を言い合い、それから今までに影響を受けたドラマや映画やアニメの話をし、ときどき言葉を切って「おいしい……」とつぶやき、お酒もがんがんおかわりし、ゆっくり夜が更《ふ》けていく。

やっぱり下北沢で夜更けまで飲んでいた若き日、四十代になっても自分が観劇後に下北沢で飲んでいるとは思わなかった。いい大人になったなあ。未《いま》だに好きな芝居を見て、こんなにたたずまいのいいお店で飲めて。

本当に酒がうまい場所 ㊌

今年（二〇一五年）一月、ドラマや舞台などの劇伴（いわゆるBGM）の仕事がしたいという思いからバンドをやめたのだが、幸運なことにその直後、鴻上尚史《こうかみしょうじ》さんよりオファーがあり『ベター・ハーフ』という舞台の音楽を任せていただいた。

時折稽古場《けいこば》に顔を出し、役者さんたちの演技を頭に入れながら、三週間で四十曲ほどを作る。舞台に携わるのは初めてのことで、目にする光景、耳に入ってくる用語、すべて新鮮で刺激的なものばかりだ。段取りがわかってくればこちらもより能動的に参加できるし、制作期間中は本当に楽しかった。

ただひとつ、稽古場に通っていてとても意外だったことがある。稽古が終わっても、誰も飲みに行かないのだ。

演出の鴻上さんはもちろん、役者さんも、スタッフも、稽古終わりで「じゃあちょっと軽く一杯いきますか」という風には決してならない。さっと帰るか、そうでなければ、そこからさらに個別の打ち合わせが始まったりする。とにかくストイックなのだ。

なんとなく、劇団というのはしょっちゅう飲みに行くものだというイメージを持っていたので、これには静かに驚いた。そしてもちろん、この気持ちには「飲兵衛《のんべえ》としてちょっとがっかり」という部分も含まれている。自分はスタッフの中で新参者であるし、こちらから誘ったら「あいつは飲むことばかり考えていて仕事をしない」なんて思われるのかなあ、それはいやだなあ……。稽古終わりにはそんなことを考えながら、いつもそわそわしていた。

公演初日には劇場のロビーで軽い打ち上げがあったが、それは「初日をもって現場を離れるスタッフが少なからずいるから」という明確な理由があるからで、公演期間中も、基本的に打ち上げというものはないようだった。

飲みたい。この舞台の話を出演者やスタッフと、もっとしたい。その念のようなものが天に通じたのだろうか、舞台を観に来てくれる友人のひとりが出演者である風間俊介くんと親しいことがわかり、芝居がはねた後みんなで飲もうということになった。妻も誘って、下北沢にてようやくの念願成就《じょうじゅ》である。

店は会場の本多劇場から少し歩いたところにある『千真野』という小料理屋。大人向けの静かな店で、和食好きとして言わせてもらえば「出汁のクオリティが確かな店」だ。最初に出てきた「若筍煮」など、あまりのおいしさに一分もかからず平らげてしまった。

妻や友人たちと乾杯し、舞台の感想を聞く。少し遅れて到着した風間くんからも、どんなことを考えて役作りをしたかなど、おもしろい話を色々と聞くことができた。

ああ、これだ、と思う。「いい仕事」という言葉だけでは言い表すことのできない、この感じ。妻もそうだが、風間くんも、何かおもしろいものを作るためにごく自然に「頑張る」ということができて、それが楽しくて、もっともっと新しいことが知りたいと思っている。そういう人たちが集まる場所で、僕はずっと飲みたいと思っていたのだ。

そんな場で飲むビールはいつにも増して格別で、この日はちょっと飲み過ぎてしまった。


『千真野』は二〇一七年七月に渋谷区富ヶ谷へ移転しました。

第17夜　立石《たていし》で大人の遠足

いざ大人の遠足へ 角

酒好きならだれしも聞いたことがあるだろう町名、「立石」。私も当然知っていて、でもいったことはなく、なんとなくおそれていた。そこにいったら、たくさん飲んじゃって足腰立たず、二足歩行では帰れないような飲み屋街を想像していた。

さてその立石を、タベアルキストとして有名なマッキー牧元さんが案内してくれるという。牧元さんと夫は昔からの知り合いなのである。まだ明るい夕方に待ち合わせをして、牧元さんに従う。まず向かうのは駅近くの『宇《う》ち多《だ》』。夕方なのに行列ができている！

じつは私、立石についてまったく知識がなかったのだが、この町にはたくさんの有名店があり、その有名店ごとに暗黙のルールがあるらしい。まず最初に『宇ち多』にいくのは駅から近いからではなくて、「すでにアルコールを飲んでいる人の入店禁止」という決まりがあるからだ。その旨《むね》入り口に貼り紙がしてある。さらに鞄《かばん》は前に抱えて入店する等の注意事項も書いてある。

行列はするすると短くなり、あっという間に私たちの番だ。店内が異様。こんな様子は見たことがない。狭いテーブルにお客さん同士向かい合ってぎっしり座っている。牧元さんがみんなのぶんのモツ焼きを注文してくれるのだが、この注文も異様。レバたれ若焼き、アブラ多いとこよく焼き、等々暗号みたい。一皿に二串ずつのったそれらを食べて、思わず笑ってしまった。予想外のおいしさ。肉の合間に紅生姜ののったお新香を食べると口がさっぱりして、串お新香串お新香と、永久運動になる。ひととおり食べて外に出る。お勘定はひとり千円強。

牧元さんが向かうのは、向かいの立ち食い寿司《ずし》『栄寿司』。こちらも行列だが、すぐ入れる。注文すると二貫出てくる。とり貝、ほたるいかを頼み、値段の安さと質の高さのギャップに仰天。私の好物、サバを食べてまた笑いが出る。全種類食べたくなる衝動に駆られつつ、でもきっとこのあとも続くのだろうと心を引き締め、鰹《かつお》で〆《しめ》。ネタも新鮮だが酢飯もしっかりおいしい。

そのあと『丸忠蒲鉾《かまぼこ》店』で飲み（今ちゃんハイというトマト入りサワーがすばらしい）、その後、呑《の》んべ横丁のおでん屋さんに移動して飲んだ。

カウンターとテーブル席ひとつのちいさな店。おでんの出汁《だし》が透き通っている。その汁をすすって感動。きよらかな味。滋味深い出汁の染《し》みこんだ大根やこんにゃくに、もう箸《はし》が止まらない。夕方からずっと食べているのに。出汁好きの夫はもう目の色が違う。海苔《のり》のおでん、というのがあって、ちょっとこれは見た目もびっくりだけれど、食べてもびっくり。食べながら、どこそこの何々がおいしいという食べもの話で盛り上がる。牧元さんはとにかくくわしく、どんな町のどんなジャンルでもぱっと店の名前が出てくる。これがたのしい。

十時すぎ、というのはまだ早い時間だけれど、遠い町なので、はやばやとみんなで店を出て電車に乗った。あれがおいしかった、これにおどろいたとワーワー話しながら電車に揺られる。立石、まさに飲んべえテーマパーク。大人の遠足である。牧元さん、ありがとうございました。

記憶にございません㊒

酒の席でよく「飲んでも全然変わらないんですね」と言われる。そんなときの僕はだいたいちゃんと酔っているのだが（口数が多くなったり、リアクションが大きくなったりしているはずだ）、相手から見れば「そんなことはない」のだという。酔っている自分を見せているつもりでいても、相手にはそう伝わっていない。こういうのはなんとなく、ちょっと寂しい。

とにかくそういった事情で、僕は周囲から「とても酒に強い人」だと思われがちだ。しかし実際そんなことはない。酔って前後不覚になることもあるし、記憶をなくしたことも一度だけある。

あれは六、七年前だったか、マッキー牧元さんの案内で野方《のがた》にある『秋元屋』というモツ焼きの店に行ったときだった。いつものようにビールでスタートし、その後も特別たくさん飲んだというわけでもないのに、店を出てからのことが未だに一切思い出せない。何軒はしごしたのかも、どこからどうやって帰ってきたのかも。ただ、目が覚めるとちゃんと着替えて布団《ふとん》に入っていた。

先頃、久しぶりにまた牧元さんから声をかけていただき「立石で飲もう」という話が持ち上がったとき、僕の脳裏をよぎったのは、他でもないこの「記憶喪失の記憶」であった。

牧元さんはおいしい酒の飲み方を本当によく知っていて、この店はこれがうまいよ、それにはこの酒が合うよ、と色々教えてくれる。普段はビール一辺倒の僕も、そうなるとつい、いつもと違った飲み方をしてみたくなり……。

そうだ、やはり僕は酒に強いわけではないのだと思う。さして度数の高くないビールをマイペースで延々飲むところが、周囲にはなんとなく酒に強そうな感じに見える、そういうことなのではないか。今回もあまり自分のペースを乱しすぎないように心しないと、また記憶が吹っ飛ぶかもしれない。

しかしその「気をつけようと思った」という短期記憶がそもそも吹っ飛ぶことになろうとは。それも飲み始めて、たかだか一時間程度で。僕の考えは甘かった。そして酒好きにとっての立石は、本当にすばらしかった。

牧元さんの引率で、妻を含めた数人で連れ立ち、まずはモツ焼きの『宇ち多』へ。ビールで乾杯し「カシラみそ」「なんこつ素焼き」「レバ塩若焼き」「ガツ」などをいただく。「お新香の紅生姜のせ」というのもあって、これがまたビールによく合い、妙にくせになる味だ。

『宇ち多』を堪能《たんのう》した後は『栄寿司』という立ち食い寿司屋で軽く三貫をつまみ（煮ほたて、生とり貝、ほたるいか）、引き続きビール。そしてその後に行った『丸忠蒲鉾店』、ここがとにかく最高で、牧元さんおすすめの「今ちゃんハイ」という酒をとにかくおかわりし続けた……そのあたりからの記憶はもはや曖昧《あいまい》である（もしかしたらその後、マッカランをおかわりし続けた、かもしれない。あるいはその後さらにもう一軒、行ったような、行っていないような）。ごめんなさい。本当に、憶《おぼ》えていません。

ただ以前のような、楽しかったのかどうか、それすらもわからない記憶喪失をしなくて、今回は本当によかった……。

「呑んべ横丁」は再開発のため二〇二三年八月に閉店しました。
『宇ち多』『栄寿司』『丸忠蒲鉾店』は営業中です。

第18夜　新宿で蕎麦屋《そばや》呑み

〆蕎麦への意地 角

お蕎麦屋さんで飲む、となると、思い浮かぶおつまみは、板わさ、出汁巻き玉子、焼味噌、天ぷら、そばがき、そば寿司、そのくらい。酒はといえば、瓶ビールかぬる燗《かん》。私のなかでそんな確固とした印象があるから、新宿駅東口からほど近い『手打そば 大庵《だいあん》』に入ってまず驚いた。

駅からびっくりするほど近い。なのに新宿の喧噪《けんそう》を遠く離れた趣だ。シックな店内は思いの外広い。カウンター席、仕切りのあるテーブル席、と席数は多いがほぼ満席。メニュウを広げてまたびっくり。おつまみの種類がともかく多い。「はじめ蕎麦」(通常の半分の量らしい)、それから定番の出汁巻き玉子、焼味噌、そばがきなどもあるが、仔羊《こひつじ》や豚の炭火焼、京鴨《きょうがも》ロースのカルパッチョ、そば粉の自家製ニョッキなんてものまである。しかも日本酒も焼酎も揃《そろ》っているが、ワインものすごくたくさんある。

迷いに迷い、お刺身の三点盛り、そばがきレンコン、出汁巻き玉子を注文。ビールとシャンパンで乾杯をして、麺《めん》好き夫の頼んだはじめ蕎麦を目測する。ほほう、あれで通常の半量なら、小食の私でも、〆にふつうのせいろを食べられるナ。

お刺身三点盛りの鰹の背に塩が振ってあり、うれしいことに、高知で食べた「塩たたき」状態である。レンコンの穴にそばがきを詰め、薄く切った揚げもの、そばがきレンコンがほくほくさくさくしていて、おいしい。出汁巻きは甘みがあるが（私は甘くないほうが好き）、出汁がしっかりきいていてやさしい味。それにしても、ほぼ満席なのにうるさくなくて、店員さんも親切で、気持ちのいいお店だなあ。新宿駅の真ん前とは思えない。

私はワイン、夫は日本酒に切り替えて、鮎《あゆ》の塩焼き（夫）、夏野菜茶巾《ちゃきん》豆腐の揚げ出し、焼味噌、皮付き里芋をあらたに注文する。おいしいからばくばく食べたいのだが、料理が届くたびに私の頭は「〆の蕎麦」でいっぱいになる。ぜったいのぜったいに蕎麦で〆たい。その前に満腹になりたくない。箸をのばす手がどうしても慎重になる。ところが、皮付き里芋についてきたソースが、慎重さも吹き飛ばす破壊的なおいしさである。アンチョビのソースなのだが、ねっとりと淡泊な里芋に合う！　ワインにも合う！

おいしい、でも蕎麦、おいしい、でも蕎麦、蕎麦、蕎麦。里芋を食べながら、その言葉が脳内をぐるぐると駆けめぐる。耐えがたくなって、私は「もう蕎麦を頼もう！」と提案した。

ふだんは田舎蕎麦を選ぶ私だが、さっきべつのお客さんに運ばれていった田舎蕎麦を見たら、うどんくらい太い蕎麦だった。恐れをなして、ふつうのせいろにした。

オープンキッチンなので、さっきからずっと職人さんが蕎麦を打っているのが見えていた。運ばれてきた蕎麦を、ありがたや、といただく。うおお、おいしい。きりっとした食感と味。ほどよい硬さ、冷たさ。するする入る。あっという間に食べてしまう。そば湯もおいしい。……が、立ち上がると驚くほど満腹。もう酒が入らないくらい腹がはつはつ。私の限界値はなんと低いのか。

もう一杯……とはならずに帰る。おいしいお蕎麦で〆、というのも、しかしなかなかいいものである。蕎麦で〆るって大人っぽいと、ずいぶんな大人になった今でも思う。

俺の居間 河

夕方のちょっと早めの時間に仕事が終わる。夜の予定も特になく、今日はひとりだ（妻が打ち合わせの会食でいない、など）。誰かを誘って飲みにでも行こうかと考えるが、そういうときに限って誰もつかまらない。年に一度か二度くらい、そういうことがある。

僕は淋《さび》しがりな性分なので、暇だからといってひとり居酒屋に入ってぐいぐい飲む、ということもできず、そんなとき、ふらっと入ってしまうのが蕎麦屋である。板わさと海苔をつまみながら、キンと冷えた瓶ビールを小さなグラスでちびちび飲む。暇だなあと思いながらも、心のどこかではちょっと楽しいような気もしている。こうなるともう執念深く飲み相手を探したりしないし、携帯をいじって「おもしろ猫画像」を検索したりもしない。閑散とした夕方の蕎麦屋というのは本当に寛《くつろ》げるところだ。

昔、一階がコンビニになっているマンションに住んでいた友人が、そのコンビニを指して「俺の冷蔵庫（有料）」と言っていたが、その言い方を借りれば、うちの近所にある蕎麦屋の小上がりはさしずめ「俺の居間（有料）」である。

定見というものは、こういった経験から生まれてくるのだろうと思う。つまり僕は蕎麦屋について、あまりぐいぐい飲むところではない、まして大人数で騒ぐようなところでも、長居をするようなところでもない、なによりゆったりと心静かに寛げるところでなくてはならない、と思っているのだ。

新宿駅からほど近い『手打そば 大庵』は知人の薦めで行ってみることにした。予約をしたほうがいい、とのことだったのでそのようにしたのだが、店に入ってみれば確かに大盛況、かなり大きな店であるにもかかわらず空席はカウンターにいくつか見受けられる程度であった。これは予約しておいて正解だったね、と妻とひそひそ話したのち、僕はビール、妻はシャンパンで乾杯。

そう、この店は蕎麦屋なのにシャンパンがある。それだけでなく、日本酒や焼酎はもちろん、ワインの種類もかなり豊富だ。内装はシックでモダン。蕎麦屋というより「蕎麦ダイニング」と言ったほうが当たっていると思う。

メニューを見ると、スターターとして「はじめ蕎麦」という少量のせいろ蕎麦が載っている。締めではなく、まず最初に自慢の蕎麦をオファーしてくるとは。味にはかなりの自信があるのだろう。それなら受けて立とうということで、僕だけ「はじめ蕎麦」を注文。これが、目の覚めるようなうまさであった。

きれいに角が立った二八蕎麦は細切りで、蕎麦本来の風味はふわっと広がっていくのに、食感はキリッと締まっている。蕎麦の好みは千差万別だろうが、僕としては今までに食べてきた蕎麦の中で、これがいちばん美味《うま》かった。瓶ビールはまだ一本目、他に注文した品々もまだ来ていないというのに、この時点で僕はもうすっかり幸せな気持ちになってしまった。

なので早々に日本酒に切り替え（埼玉の神亀《しんかめ》）、焼味噌をつまみながらちびちびとやることにした。気分はすっかり「夕方の近所の蕎麦屋」だ。そしてふわふわとした気持ちで思った。『手打そば 大庵』、第二の「俺の居間（有料）」に決定、と。

第19夜　気軽にふらり中野鮨《ずし》

小僧と、私たちの幸福　㊎

以前友人が渋谷の『英鮨《ひでずし》』に連れていってくれたことがあった。中野にも支店があると知り、いってみた。店内に入って、「あっ、ここきたことある！」とすぐ気づいた。夫も「あっ、ここ知ってる」と言うではないか。数年前、共通の友人とべつの店で飲み、でろでろに酔って二軒目か三軒目にここで鮨をつまんだのである。そのときは、「こんなに遅くまで開いているお鮨屋さんがあるなんて……」と酔いつつも思っていた。そうなのだ、ここはなんと、開店十七時、閉店が朝の五時。

お鮨屋さんというと、前もって予約して「今日は鮨を食べるぞ」と意気込んでいくイメージだけれど、『英鮨』はまったくそんなことはない。今日鮨を食べたいと思ったら、すぐいける。それが夜の十時だろうと、深夜二時だろうと。

もちろんこの日は夜更けではなく、夕方六時に入店した。ビールとレモンハイで乾杯し、わくわくとメニュウや壁の貼《は》り紙を眺め、「白身四点盛り」「エンガワ刺身」「数の子」「めかぶ」思いついたまま口にしていく。あっ、忘れていた、カキもカキも。カキはどこで食べてもたいていおいしいが、ここのカキもすばらしくおいしい。磯の香りが鼻をつーんと抜けて、濃厚な味が口のなかにひろがる。二人ともお茶ハイに変え、お鮨食べようかねえとまたメニュウを凝視。

鮨を食べるとなると、頭のなかであれこれ算段をしなくてはならない。食べてもいいし食べなくてもいいものを頼んでしまうと、本当は食べたかったネタを食べられなくなったりする。こんな算段をするのは私の小食さゆえだろうと思っていたが、夫も同じくらい真剣に何を食べるか悩んでいる。ちょっとずつ頼もう、と真顔で言い合い、いくら、ふぐ、いわしを注文。数年前に来たときは酔っていたから覚えていないけれど、ここのお鮨、シャリがびっくりするほど大きい。旬《しゅん》のいわしは脂《あぶら》がのっていて、いくらは軍艦の海苔までおいしい。おいしいねえと言い合いながらも、次は何を頼もうかと目を宙にさまよわせる。

高級鮨店であれ、回転寿司店であれ、鮨を食べると私は必ず志賀直哉の短編小説『小僧の神様』を思い出す。これはまったく不思議な小説で、中高生のときに読んで、強烈に覚えている。その覚えているなかに、鮨屋ののれんの描写がある。小僧が飛びこんだ屋台の鮨屋の、のれんの隅に醤油《しょうゆ》のしみがついている。店を出る客が指先をのれんで拭《ふ》いていく習わしがあったらしい。ところが成長して読み返してみると、そんな描写はいっさいない。またしばらくたって、この小説を思い出すと、まず浮かぶのが「のれんのしみ」。また読み返す。やっぱり書かれていない。この短い小説は、読み手に何を見せるのだろう？

鮨は人を幸福にする。小説の小僧が鮨を食べるとき、読み手も全員幸福になる。この日も鮨を食べるうち私たちはふくふくとうれしくなって、もう一杯、もう一杯を最後にしよう、を三回ほどくり返したのであった。

鮨屋に行く理由㊒

うちの猫は食に対する好みがはっきりしていて、ことドライフードに関しては、幼い頃から食べ慣れた銘柄以外のものは決して口にしない。そこまで固執する味とは一体どんなものかとあるとき疑問に思い、猫が食事をしている皿から一粒を失敬して食べてみたことがある。味というものがまったくせず、猫はいつもこんなものを食べているのかと、人間との味覚の違いを実感して本当に驚いた。猫にとってはおいしいのだろうし、余計なお世話に違いないが、しかし人間の感覚しか持ち得ない僕には「こんなにまずいものを……」という思いがどうしても残る。

その気持ちの残滓《ざんし》からか「もしかしたらこれは、猫にとっても特別おいしいと言えるほどのものではないのではないか？」という気もしてきた。

つまり特定のドライフードに固執するのは「これが好きだから食べたい」のではなく、「馴染《なじ》みのないものを食べたくないからずっとこれでいい」というような、消極的な心の動きからくる頑固さなのではないかとも思えるのだ。

もしそうだとしたら、その気持ちはとてもよくわかる。

今でこそいろいろ食べるようになったけれども、僕の食に対する姿勢は基本的には保守的で、二十代を通じて、タイ料理もインド料理も、フランス料理さえも「できれば食べたくない」と思っていた。単に、よく知らない味のものを食べたくないのである。実際ひとり暮らしをしていた頃は、ごはんとみそ汁、焼き魚に水菜のサラダという、同じ献立でずっと食事をしていた。代わりばえすることがあるといっても、ごはんがうどんになったりパスタになったり、納豆や漬け物がついたりするくらい。飽きがくると中華料理屋に行った。たまに友人と外食もしていたし、それでまったく不満はなかった。

しかし鮨だけは特別だった。これは僕にとってずっと「食べたい特別なもの」であり、うちの猫にとっての「フリーズドライささみ」である。二十代のことなので、鮨といっても回転寿司屋に行くしかないのだが、さほど高級ではない、いわゆる街の鮨屋のようなところが近所にあったとして、どういうときに行けばよかったのだろうと思う。レコーディングお疲れさま、などといってバンドメンバーで行けばよかったのか。あるいはCDデビューした後輩を連れて行って、おめでとう、と乾杯すればよかったのか。

いろいろ考えてみても、どうもしっくりこない。いずれの場合も、わざわざ鮨屋で、という居心地の悪さがあったろう。若い頃は「鮨屋に行く理由」というのがそもそもなかったのだと思う。

先日、池袋で妻と芝居を観《み》たあと鮨屋に行った。中野にある『英鮨』という、気安い感じの「すし居酒屋」である。鮨は妻も大好きなので、ふたりでうまいうまいと言いながら刺身や握りを味わい、映画の話などをしながら何気なく飲んでいた。そのときのことをふり返ってふと思うのは、こんなに気軽に入れるうまい鮨屋を、若い頃に知らなくてよかった、ということ、それから、鮨屋の楽しみ方を僕はやはり結婚してから知ったのだなということだ。

第20夜　吉祥寺の中華街

記憶がなくてもしあわせ㊊

吉祥寺の夜は早い。繁華街なのに、夜の十二時くらいには閉まってしまう店が多い。そんななか、朝八時までやっている店があるという。その名も『中華街』。今日は深夜ではなく夕方、餃子《ぎょうざ》を食べにいこうという話になって、友人二名を誘い『中華街』に赴く。中華料理は二人だとたくさん食べられなくてもったいない。四名くらいがちょうどいい。

メニュウを広げ、夫「生ビール」私「レモンハイ」友人A「青島《チンタオ》ビール」友人B「瓶ビール」といっせいに違う飲みものを言う。こんなにばらばらだと、なんだか感動するなあ。乾杯後、メニュウを眺めて思い思いに注文する。腸詰、大根餅《もち》、空心菜炒《いため》、軟骨の唐揚。「餃子何枚いく?」「うーん、まず四枚?」という友人の会話に度肝を抜かれる。すごい。餃子の皿を人数ぶん頼むという発想が、私にはない。

注文したそばからじゃんじゃん出てくる。それはみごとな量の餃子がやってくる。ここの餃子は味がついていて、醤油は不要。漫画だの音楽だの小説だのの話をしながらぱくぱく食べていたら、山盛りだった餃子がきれいになくなっていた。お店はどんどん混んできて、夜八時には八割がたテーブルが埋まっている。みんな近所からぶらりとやってきた感じで、全体的にゆるいのがいい。箸袋の裏に「旨《うま》い飲み方‥常温、冷や又はロック　決して砂糖を溶かす為《ため》に温めて飲む酒ではない！」と、強い調子で紹興酒の飲み方指南が書かれているのも、なんだかいい。

友人のひとりが『闇太郎《やみたろう》』にいこう、と言い出し、ほろ酔いのみんなで移動する。『闇太郎』は漫画家のかたがたの集まるじつに有名な居酒屋である。私、この店にくるのは十三年ぶりくらいだ。カウンターに並んで座って酎《チュー》ハイや生ビールを頼む。十三年ぶりくらいだけれど、前きたときと変わっておらず、ただしく居酒屋然とした風《ふ》情《ぜい》である。壁の、色が変色したお品書きとか、年季の入ったカウンターが、何かこう「どーん」と安定していて、落ち着くのである。

友人が焼きそばが食べたいと言い出すも、暑いからやってない、とご主人。しかし、「暑いからいやなんだよ」と言いつつも、鉄板に火を入れて作ってくれた。この深夜の焼きそばが困ってしまうほどおいしい！

入ったときは空いていたカウンターが、こちらも気がつけばほぼ満席である。酒を飲むっていいことだなあと、にぎやかな店内を見て思う。

焼きそばでは食べ足りなかった友人が焼き魚を注文し、それを一口もらったところで私の記憶は途切れている。明くる日に携帯におさめられた写真を見ていたら、なんとおにぎりの写真がある。ご主人、おにぎりも作ってくれていたのか！　最後まできちんと記憶がないことにかすかに落ちこんでいたのだけれど、昨夜の写真を見返していたらまたしてもしあわせな気持ちになってきた。親しい友人と、気取りのない店で飲み食いしているときが、いちばんしあわせ（と、きっと夫もこれには賛同するだろう）。

東京武蔵野中華街 (河)

数ヶ月前、かねて親交のあるシンガーソングライター、HARCO（現・青木慶《よし》則《のり》）さんのライブを観に行った。ライブは充実の内容で素晴らしく、HARCOさんとは久しぶりの再会だったので、僕はその日、終演後の小屋打ち（ライブ会場内で行う打ち上げのこと）にも参加させてもらった。ライブの感想、かつて一緒にまわったツアーのこと、お互いの近況、そこではいろいろな話をした。そして僕のビールのおかわりが十杯目くらいになった頃だろうか。会場がそろそろ閉まるので河岸《かし》を変えようと、誰ともなく言いだした。

HARCOさんとバンドメンバーの間で、目的の店はすぐにまとまったようだ。僕もついて行く気満々で、手もとのビールをぐいっと飲み干した。しかしその直後、僕は自分の耳を疑った。「じゃあ中華街で」そう言ってみんな荷物をまとめ始めたのだ。えっ、中華街？　今から横浜まで行くの？　ここは吉祥寺。時刻はもう二十三時をまわっている。

HARCOさんが神奈川方面に住んでいることもあり、一瞬、この人たちは本気で横浜まで大移動するつもりなのだと信じそうになった。しかし何のことはない、じつは会場から歩いてすぐのところに『中華街』という名前の中華料理店があったのである。安くてうまい良心的な店で、とくに焼き餃子の味が良かった。

後日、妻にその話をすると「行ってみたい！」と言う。そこで餃子が大好物の後輩ミュージシャン、ひろし（元andymori ベーシスト）と、先述のHARCOバンドのベーシストであるイトケンさんを誘い、四人で吉祥寺『中華街』に行くこととなった。

店に入ると奥のテーブル席に案内され、妻はレモンハイ、僕とベーシストたちはビールで乾杯（ちなみに生ビール四百五十円、レモンハイに至っては三百円という安さである）。メニューを開き、なにはなくともまずは餃子だろうということで、焼き餃子を四人前、それから空心菜炒、大根餅、胡瓜《きゅうり》ニンニク漬けなどを注文。

以前HARCOさんの打ち上げでここ『中華街』に来たとき、出てきた焼き餃子につける醤油が見当たらず、店員さんを呼んでその旨伝えようとしたことがあった。するとこちらが最後まで言い終わらないうちに「醤油はつけないで食べて！」とキッパリ。なるほどそうなのかと、言われた通り何もつけずに食べてみると、これが本当においしい！　初めて『中華街』に来た妻とひろしにその話をし、ややあってテーブルに件《くだん》の餃子が到着する。うん、うまい！　どれもう一個、うん、うまい！　そんな調子でみんなで箸を伸ばしていたら、二十個の餃子はあっという間になくなってしまった。他の一品料理もみなおいしく(とくに空心菜炒)ビールもぐいぐい入る。

僕がビールを六、七杯飲んだあたりだろうか、イトケンさんが「お腹《なか》も落ち着いてきたし、ここらで『闇太郎』に行くっていう手もありますね」と提案した。『闇太郎』といえば漫画家の江口寿史《えぐちひさし》さんがシャッターに絵を描いた、吉祥寺では知られた店だ。しかし行ったことはなかった。ぜひ行ってみたいと即答し、すっかり楽しい気分になった四人はそして、わいわいと話しながら五日市街道へと向かったのだった。

あれ、今日は何の打ち上げだったっけ?

第21夜　西荻窪の澄んだ鍋《なべ》

タイトルに偽りあり　角

夫と私の、けっして埋まらない溝というものが、ひとつある。いや、もしかしたらもっとたくさんあるのかもしれないけれど、今のところ、ぜったいのぜったいに埋まらないとわかっているのは、ひとつ。それは内臓肉。夫は内臓肉をまず食べない。どんな人が言葉巧みに勧めても、食べない。だから私はもつ焼き屋や焼きとん屋、もつ系が有名な店には夫を誘わない。

ところが。この溝に、奇跡的にかけられた橋がたったひとつだけある。それが『串焼きや　しゃんしゃん』。

店名にもあるとおり、焼鳥、焼きとんが豊富。一品メニュウもある。何を食べてもものすごくおいしい。もつ鍋もある。そしてもつ嫌いの夫はこの店のもつ鍋だけは大好きなのである。

またしても仕事場に連続缶詰になっている夫と待ち合わせをして、おいしい串焼きを食べようと『しゃんしゃん』に向かう。いつものようにレモンサワーとビールで乾杯し、ポテトサラダと、各々《おのおの》好きな串焼きを頼む。「あー、もつ鍋食べたい」と夫。

さっそくもつ鍋も注文しておく。

お刺身とか、カレーとか、餃子とか、「まずいものはない」となんとなく思いこんでいる食べものがあって、串焼きもそうだ。どこで食べてもたいがいおいしいと思いこんでいる。でも、そうではないと私はずいぶん大人になってから知った。まずいお刺身もまずいカレーもちゃんとある。と、いうよりも、おいしいお刺身やおいしいカレーというものがちゃんとあるのだ。串焼きも然《しか》り。おいしい串焼きって本当においしいんだなあと、私はこの店で知った。焼き具合、塩（たれ）加減、サイズ、ぜんぶいい。きりっと品がある。私がとくに好きなのはぼんぢり、うず玉、白レバ。

そしてコンロがセットされ、もつ鍋が運ばれてくる。

関東で生まれ育った私は二十代半ば過ぎまでもつ鍋を知らなかった。はじめて食べたのがいつで、どこだったかも思い出せない。でも、このお店ではじめて食べたときのことは覚えている。今まで食べたどんなもつ鍋よりもおいしいと思ったから。白濁した汁が豚骨スープのようでおいしい。ちいさく切ってあるもつがこりこりぷりぷりしていておいしい。くたくたになるまで煮込むキャベツの甘みがおいしい。へんな表現だけれど、ここのもつはすがすがしい。きれいなのだ。

仕事場に缶詰になっている夫と会うのは三日ぶりくらい。この三日、打ち合わせも飲み会もなかったので、私も猫以外とは話していない。それぞれたまりにたまった話をしているうちに、どんどん杯が空く。鍋の〆《しめ》にちゃんぽん麺を注文する。ちゃんぽんを食べ終えても話は続く。「もう一杯飲もうか……」「もう一杯頼んじゃおうか……」と、様子をさぐり合うように言い、お茶割りを飲み続ける。夫は仕事場に戻るらしいので、「これで、もう本当の本当に最後にしよう」と心を鬼にしてグラスを空け、お会計を頼む。このお店はお会計時に鶏スープを出してくれる。もう一杯を何度もくり返した自分への罪悪感が、やさしい味のスープで消えていくようだ。

結局、「もう一杯」は四回くり返したのだった。「もう四杯だけ飲んで帰ろう。」じゃないか。

無限ループの店 ㊒

われわれ夫婦はどちらかといえば出不精なほうで、ふたりで食事をするために都心まで繰り出すということはあまりない。今日は外で食べようか、という話になったとき最終的に落ち着くのはだいたい近場の店で、遠くてもせいぜい一駅か二駅移動するくらい。夜の行動範囲は狭いほうだと言える。

また、その範囲内にある店を片っ端から新規開拓していくようなタイプでもなく、ついつい気に入っている店に足を運んでしまう傾向がある。ローテーションで回っている、というほどではないのだが、われわれ夫婦が頭の中に「好きな店リスト」を共有しているのは確かだ。

西荻窪にある『串焼きや　しゃんしゃん』は、もう五、六年前からそのリストに入っている。串焼きや鍋ものがとてもおいしい店で、今までに一度もがっかりしたことはないし、いやな思いもしたことがない。店の雰囲気、というものに対して僕はちょっと神経質なところがあるのだが（うるさいところは好きではない、静かすぎるのもどうかと思う、客筋が合わない、など）、『しゃんしゃん』はその点すばらしい。いつ行っても店員さんが快活でにこやか。とにかく居心地がいいのだ。「居やすさ」は「話しやすさ」だと僕は思っている。僕も妻もお互いの仕事の話をするのが好きなので、最近こんな発見があったとか、いま取り組んでいる仕事のこの部分が難しい、そんな話がいつも終わらない。とくに『しゃんしゃん』では全然終わらない。店にいると気がつかないのだが、この「話しやすさ」にはもしかしたら串焼きが関わっているのでは、と思う。

ふたりともそこそこ飲めるので、おかわりが進む。すると興が乗ってくる。夢中で話しているところに、注文した串焼きが来る。話の続きをしながら串焼きを片手でひょいと口に運ぶ（あっ、うまい！ と一瞬我に返る）。いい気分になってさらに話が続く。おかわりが進む。以下繰り返し。

要するに「食べるのに忙しくない」という点が、話し好き夫婦にとっての居やすさに繋《つな》がっているのではないかと思うのだ。

それから『しゃんしゃん』について個人的に特筆したいのは、もつ鍋。これはもう本当においしい。じつは僕はホルモン系の肉をあまり積極的には食べないのだが、唯《ゆい》一《いっ》『しゃんしゃん』のもつ鍋だけは好きだ。僕のような、もつはあまり食べないがもつ鍋は好き、という人はだいたい「ごろっとした大きなもつの食感」が苦手なのだと思う。ただスープは好きなので『しゃんしゃん』のもつ鍋のように、もつが小さめに切ってあれば喜んで食べる。

先日また夫婦でもつ鍋を食べた。締めのちゃんぽん麺まで平らげ、それからいつもの「もう一杯だけ！」を四回か五回、繰り返しただろうか。いつも長居をしてしまって申し訳ない。でも本当に、居心地がいいんです……。

第22夜　走って恵比寿《えびす》でＢＢＱ

ゾンビからの生還バーベキュー㊊

友人たちとランニングチームを作ってから八年ほどになる。今では、実際に走る機会よりも飲み会のほうが多い。十六名ほどで、かならず年に四、五回は集まって飲んでいるのだから、すごいことである。これだけ数が多いと、そういう集いはたいてい自然消滅するのに続いているのだから。チームメンバーとなった夫も、ときどきランニングの大会に出るようになった。

そして秋晴れの某日、このチームから夫と私を含む七名が、千葉で行われた「ゾンビダッシュ」に参加した。一周約二キロのコースを、ゾンビに追いかけられながら走るリレー式の大会である。無事、みんななんとかゾンビから逃げ切って、都心へ向かう。マラソンに参加しなかったチームメンバーも交えての打ち上げである。

バーベキューの店だと聞いていたが、私はバーベキュー料理を出す店だと思っていた。だから地図通りビルにいって驚いた。『FURACHI』というその店、四階と五階はお洒落《しゃれ》なバーやカラオケラウンジだが、屋上があるのだ。屋上のテーブルの上にはバーベキューセットが用意されている。恵比寿の駅からこんなに近いところでバーベキューができるなんて！　しかも飲み放題である。

集まった面々と乾杯し、さっそく野菜を焼きはじめる。どんどん皿が運ばれてくるのだが、その量がすごい。山盛りの野菜、立派な海老《えび》やホタテの海鮮、鶏、豚、牛、ウインナーの肉盛りは二皿。そのほか、枝豆やサラダやポテトもある。皿が紙皿、コップがプラスチックなのが、バーベキュー感を盛り上げる。

こういうとき、私は何もしないことに決めている。お好み焼きや焼き肉や、自分たちで焼く料理にいちばん重要なものは、技術ではなくて愛だ。お好み焼きを愛している人が焼いたお好み焼きはきちんとおいしい。焼き肉を愛していない人が、ロースターの前に座ったからという理由で焼く肉は、はっきりいってまずい。バーベキューも、いっとう愛している人が焼くべきだ。

見ていると、ちゃんとバーベキュー愛のある人が焼く係になっている。焼かれた肉や野菜がまわってくる。やっぱりちゃんとおいしい。最初は自分たちでおのおのビールを注ぎサワーを作っていたのだが、酒愛のある人が、空いたコップを見つけるやいなや満たしてくれる。感動したのは、海鮮も肉も焼き終えて、そろそろ〆の焼きそばか、と思っていたところ、焼き場の人が交代したことだ。焼きそば愛にあふれた人がきちんと焼きそば係になっている。この焼きそばが、天を仰ぐほどおいしかった。天を仰ぐとそこには恵比寿の空が広がっている。細い三日月がかかっている。八年ものあいだ、大勢で集まっていると、それぞれみんなにいろんなことがある。よろこばしいこともつらいことも、大きな変化も。私自身にもいろいろあった。そのことについてだれもが多くを話すわけでもないけれど、でもみんながちゃんと知っていてくれる、そんな強固な信頼感と安心感が、このメンバーにはある。そういえば、夫が走るようになったのもすごい変化だ。

このチームメンバーもみんなよく飲む。夫と二人でよく陥りがちな「もう一杯」合戦に、今日もきっとなるだろうなと思いつつ、二次会へと繰り出すのだった。

ビールに向かって走れ ㊌

先日「ゾンビダッシュ」というマラソン大会に参加した。数名でチームを作って登録し、一周約二キロのコースをリレー形式で周回する。コースにはゾンビが点在しており、そのゾンビエリアを通過する際、ランナーは腰につけたライフタグをゾンビに奪われてはならない。ライフタグを守りながら、参加チームはそれぞれ、制限時間内での周回数を競う。

このゾンビマラソン、海外では人気があるらしい。「夢のような大会があります！」とメールで参加を呼びかけてきたのも、日本で働くアメリカ人の知人だった。いわく「どうしても参加したいのだが四人以上を集めないと出場できない、参加者求む」とのこと。

正直なところあまり興味は持てず、一週間近くメールの返信をしないでいた。しかし、彼にしてみればこれは「夢のような大会」なのだ。人員が集まらず断念、なんてことになったら、さぞかし肩を落とすだろう。そう思い直して参加してみることにした。マラソンなら十キロの大会に二度ほど出たことがある。そこそこの戦力にはなれるかもしれない。

最終的には妻も含めた七名でエントリーした。会場の稲毛海浜公園というところには、それはそれは美しい芝が広がっていて、大会参加者の中には、走ることにはあまり熱心ではなく、半分ピクニックを楽しみに来たような人も多く見受けられた。コース上にいるゾンビたちも、顔こそメイクでそれらしくなっているが、みなスタッフTシャツに短パンの大学生風で、すれ違いざま、ライフタグを狙《ねら》ってくるどころか「がんばってくださーい」なんて声をかけてきたりする。コースには一部、暗い林道を抜けるところがあり、そのゾンビエリアだけはちょっと不気味だったが、基本的には怖いことのない、ゆるく楽しめる大会である。

ただ、とにかく腹が減った。朝にしっかりカレーライスを食べてきたのに……そう思いながら、走っている間はずっと、コンビニで買っておいたおにぎりをいつ食べようか考えていた。七人でのリレーなので、一度走ればその後一時間近い休憩がある。おにぎりは結局、最初の休憩で食べてしまった。僕の走る番はそれから二度まわってきたが、三度目を走る頃にはまた、腹が締めつけられるような空腹感。すべて走り終えたとき、僕が「ああ、今いちばん食べたい！」と思ったものは、ソース焼きそばだった。それからもちろん、キンと冷えた生ビール。僕にとってのマラソンとは、うまいビールを飲むためにあるものだ。ビールに向かって走っていると言ってもいい。

それはさておき、空腹である。帰り支度をしながら妻に「なんかこう、焼きそばみたいなもの、食べたくない？」と訊《き》いてみる。「食べたい！」と、予想以上に力強い答えが返ってくる。夫婦とはこういうところも似てくるのだろうか。

数時間後には恵比寿で打ち上げの飲み会だ。テラスでＢＢＱができる店だと聞いている。焼きそばも生ビールもある。普段そんなに量を食べない肉も、今日はかなり食べられそうだ。ああ、楽しみだなあ。

疲れと空腹によるものだろう、東京に向かう電車の中で、僕はまるで省電力モードに切り替わったみたいにコロリと寝入ってしまった。途中まで、焼きそばのことを考えていたことを憶《おぼ》えている。

第23夜　阿佐ヶ谷から牡蠣《かき》ドラマ

牡蠣ドラマ 角

人はそれぞれ、牡蠣にドラマを持っている。牡蠣にあたって、大好物なのに食べられない人もいる。牡蠣が大好きで、牡蠣風呂《ぶろ》に入ることを夢見ている人もいる。そんな話を聞くたびに、ドラマだなあ、と思う。私の牡蠣ドラマは、三十代半ばまで牡蠣を食べられなかった、というものだ。友人の家で出された牡蠣のクリーム煮がきっかけで、食べられるようになり、好物になった。けれども食べなかった三十数年があるからか、そんなにたくさんは食べられない。好きなのに、そんなに食べられない、というのもまた、ドラマだなあと思う。

阿佐ヶ谷に牡蠣料理の店がある、と教えてくれたのは牡蠣好きの夫である。オイスターバーではない、という。どんなお店か、いってみようとやってきたのが『かきっこ商店』。午後六時に入店したのに、店内はほぼ満席。カウンター席が空いていてよかった。メニュウを開いてびっくりする。たしかに牡蠣づくし、それに、安い！　二時間の飲み放題を勧められて、それに決め、いつものとおりビールとレモンサワーで乾杯。北海道産と岩手産の生牡蠣をひとつずつ、焼き牡蠣、牡蠣フライ、青菜のおひたしを注文する。

生牡蠣もおいしかったけれど、焼き牡蠣がふっくらしていて香りゆたかですばらしい。牡蠣フライは、メニュウには三つと書かれていたが、お店の人が分けられるよう四つにしてくれた。

牡蠣っておいしいけど、と夫が言う。食べ放題で十個も二十個も食べるのはむずかしいよね。

そういう人はたしかにいる。牡蠣風呂を夢見るタイプの人だ。そうか、夫もそうたくさんは食べられないのか、と思いつつ、牡蠣のグラタンも追加注文する。

そんなにたくさんは牡蠣を食べられない私は、いくつまでだろうと真剣に考えて、五個で限度だろうと思っていた。でも、こうして味が変われば案外たくさん食べられるものである。

牡蠣の炊《た》き込み御飯や牡蠣チャーハンも魅力的だったのだが、飲み放題の二時間がたってしまったので、店を出ることにした。

この日、新宿の花園神社で酉《とり》の市をやっていると聞いて、新宿にいく。二十年くらい前から私がずっとお世話になっている文壇バーが新宿にあるのだが、いったんそこに向かう。このバー、『風花』に飾ってある熊手《くまで》を買い換えにいくのである。十時ごろ、親しい編集者や大先輩作家と連なって花園神社へと出発した。

酉の市の前夜祭ということだったが、ものすごい屋台の数、人の数。びっしりと並んだ提灯《ちょうちん》も見とれるくらいうつくしい。このお祭りにはじめてきたが、こんな賑《にぎ》わいなのか。熊手を買って、お店の人とみんなで三本締めをする。これもテレビで見たことがあるだけだったから、感動する。屋台で串焼きやたこ焼きや焼きそばを買いこんで、あたらしい熊手をかかげて『風花』に帰る。バーのマダムを店の外に呼び出して、みんなでもう一度、三本締め。

器に取り分けてもらった焼きそばやたこ焼きを食べ、焼酎の水割りを飲む。今日、牡蠣からはじまって盛りだくさんだなと夫がつぶやく。たしかに、この日も私たちには牡蠣ドラマだな。

ちいさな完璧《かんぺき》 河

この世界には「完璧なもの」がどれほどあるのだろう。もしピタゴラスの定理を美しく完璧な数式だとするならば、物理や数学の世界にはいくつもの完璧が存在することになる。しかし人間が介在するところでそういったものを見つけるのは、なかなか難しい。「これは完璧な作品だ」などと言っても「私はそうは思わない」という人は必ずいるし、せいぜい人それぞれが思い思いの何かについて「完璧だと思う」ことしかできないのだ。

言い換えればこれは「完璧だと思えること」ならたくさん、それこそ人間の数だけあるということで、結局のところ何が言いたいのかというと、僕にとっての「生ビールと生牡蠣」という組み合わせは完璧なのだということです。

完璧なものなどない、と悟ったような顔をして過ごすより、自分にとってのちいさな完璧を大事にして暮らすほうが、たぶん人生は楽しい。それはある人にとっては「ブッシュミルズとミモレット」かもしれないし、「〆張鶴《しめはりつる》とインドカレー」かもしれない。なんだっていいし、いくつあってもいいのだ。

それはさておき、牡蠣である。

阿佐ヶ谷に『かきっこ商店』という、牡蠣専門の居酒屋があるという。僕も妻も牡蠣は大好きなので、その情報を入手してすぐ、店に行く日取りを決めた。

店は阿佐ケ谷駅から歩いてすぐのところにあった。カウンターに着席し、例によってビールとレモンサワーで乾杯、さっそく生牡蠣の吟味に入る。メニューによると「北海道仙鳳趾《せんぽうし》産」と「岩手県赤崎産」があり、お互いにひとつずつ違うものを食べてみようということで両方を注文した。運ばれてきた牡蠣のうちひとつは大きめで、いかにもクリーミーといった印象（こちらが北海道産）、岩手産はそれよりやや小さく、色のコントラストが強いあたり、さっぱりとした味わいを思わせる。協議の結果、僕は岩手産をいただくことに。

よく冷えた一杯目のビールの美味《うま》さについては言うまでもないが、それに生牡蠣を合わせることの格別さといったら、喩《たと》えようがない。牡蠣好きから言わせてもらえば、生牡蠣というものはビール同様、一品目に食べるのと二品目に食べるのとでは味が違うのである。岩手赤崎産の生牡蠣は、爽《さわ》やかさがありながらも想像以上に味がしっかりと濃く、充実の一品目であった。完璧だ。

スターターとしての生牡蠣、というところに僕はある種の美しさを見ているのかもしれない。飲むにあたって、これ以上に良い始め方はないだろうと。

とりあえず枝豆、とりあえず冷奴《ひややっこ》。そういう肩の力が抜けた始め方も好きだけれど、やはり自分にとって気持ちのよい飲み方は大事にしたい。この日も気持ちよくスタートしたことで、焼き牡蠣、牡蠣フライ、牡蠣のグラタンなどを、満たされた気持ちで存分に楽しめた。

二時間ほどで店を出て、新宿に向かう。われわれ夫婦が世話になっている編集者や作家が集まり、花園神社の酉の市に行くというので、合流しようということになったのだ。集合場所である文壇バー『風花』に到着し、僕はウィスキーの水割り、妻は焼酎の水割りで二度目の乾杯。

この日も「もう一杯だけ」を連発しながらたいそう飲んだ。いつも通りであるか、という意味においては、完璧であった。


『かきっこ商店』は二〇二〇年八月から臨時休業し、その後閉店しました。

第24夜　ピザの町永福町

チーズというファンタジー ㊌

近隣の町にものすごくおいしいピッツェリアがあるらしい。しかしピッツェリアって耳慣れない。イタリア料理店はよくいくけれど、小食の私はピザを頼んだことがまずなく、パスタですらスキップしてしまうことがときどきある。でもピッツェリアというからにはピザが主流なのだろう。ピザを食べにいく、っていうのも、なかなかいいなあ……。と舌なめずりをせんばかりに向かったのは、永福町駅からすぐの『マッシモッタヴィオ』。

店内に入って、その広さにびっくりする。客席も広いが、カウンター越しのオープンキッチンも広い。私たちはその時間しか予約が取れず、夕食には少し早い五時半に入店したのだが、あれよあれよとテーブル席は埋まっていく。圧倒されつつメニュウを見る。たしかに、おびただしい種類のピザがある。四ページに及ぶピザの種類を眺めていると、わくわくしすぎて動悸《どうき》が速くなる。

スパークリングワインとビールで乾杯。ルーコラと海老の温かいサラダ、カプレーゼの前菜を食べる。カプレーゼのチーズが、口に入れた瞬間とろけていってうっとりする。

ピザは迷いに迷って店の名を冠したものを一枚注文した。隣の席では若い男女が、席に着くなりピザを二枚注文し、あっという間に平らげている。きっと生地が薄いんだよ、私たちも二枚くらいいけるよ、と小声で言い交わしつつ、ピザの登場に手を叩《たた》く。

味わいのあるもちもちの生地に、とろとろのチーズ、ルーコラのしゃきしゃき、生ハムの塩気。なんておいしいのだろうと、一口食べてうっとりする。私はやっぱりチーズファンタジー世代だなあと実感する。チーズファンタジー世代というのは、同世代の友人の命名である。六〇年代に生まれた私たちは、ものごころついたとき『アルプスの少女ハイジ』のアニメを見て、とけるチーズに心奪われたものの、ずいぶんな大人になるまで固形のプロセスチーズしか知らなかった。だからとけるチーズに夢を持っている。というのが友人の弁。私にかぎっては、それは真実だ。チーズに夢を持っているし、こうしてチーズがとけ、それがすばらしいおいしさだと、心の底から幸福を感じる。このチーズこそ、ハイジが食べていた、子どもの私が夢見ていた、ほかでは食べられない「あの」チーズだと錯覚すら抱く。ちなみにその世代ではない夫は、チーズに夢がない。あるのは愛だけのようだ。

ピザを二枚平らげた隣の男女はパスタを頼んでいる。うらやましい！　次があるとしたらアンチョビののったのが食べたい、辛いサラミがのったピザもいい、パスタも食べてみたい、と言い合う私たちは、一枚でもうおなかいっぱい。メイン料理も食べられない。あとひとりいれば……、いや最強は四人だ……と架空メンバーを数え上げながら、赤ワインとビールを飲む。

満席の店内の、年齢層が幅広い。家族連れの赤ちゃんからお年寄り、若いカップル、グループ連れ。チーズにファンタジーを抱いている世代もいない世代も、このピザにはうっとりするんだろう。異国の、郊外の町に、ぽつーんとあって、でも扉を開けると、にぎやかな笑い声とおいしいにおいの混じり合った幸福感がぶわーっとあふれてくるような、そんな風情《ふぜい》のお店。

感じるごちそう 河

あれは確か昨年（二〇一五年）の初夏だったと思う。仕事場から帰宅し、録画しておいた番組を観《み》ようとテレビをつけると、タレントがものすごくおいしそうにピザを食べていた。宅配ピザがいくつも用意してあり、どうやら、それらの味を比較するという内容のようだった。うわあ、いいなあ、こんなことテレビじゃないとなかなかできないよなあ。そのときはただそんな感想を持っただけで、録画番組に切り換えてからはピザのことなどすっかり忘れていた。

ところが後日、ふとしたときに「なんとなくピザが食べたい」という思いがよぎるようになった。だいたい週に一度くらいの周期で、ふっとピザを想起しては忘れ、しばらく経《た》てばまた、頭の片隅でピザが像を結んでいるといった具合。単純な話、その番組を観てから僕はピザが食べたくなっていたのだ。

しかし、ちらりと観ただけの番組が自分のピザ欲をそこまで刺激していたとはなかなか思い至らず、脳内でついに両者が関連付けられたのは実に、件《くだん》の番組を観てからおよそ三ヶ月後のことであった。

理由がわかると俄然《がぜん》ピザが食べたくなった。舞台音楽の制作で缶詰になっていた仕事場から、ある夜、たまらず宅配ピザを注文した（勢い余ってLサイズ）。やっぱりちょっと多かったかな、と思いながらも、自分がずっと欲していたその食べ物をひとり静かに味わう。話す相手がいなかったせいだろう、自分がいちばん好きなピザは何だろうと考えたりしていた。

そこでハッと思い当たった。ピザといっても宅配ピザしか自分は知らないぞと。ピザが食べたいと思ったときに、なぜ宅配以外のピザについて僕は考えないのだろう、と不思議にも思えた。ときどき無性に、というタイプではあるが、とてもピザが好きなのに。そのとき、仕事が落ち着いたらピッツェリアに行こうと心に決めた。

永福町がピザの街であるということを、僕は知らなかった。とはいえ店舗が乱立しているわけではなく、予約困難、行列必至の二店が鎬《しのぎ》を削っていることでそう言われているようだ。そのうちのひとつ『マッシモッタヴィオ』を予約することができ、妻と行った。

ビールとワインで乾杯し、まずは前菜「ルーコラと海老の温かいサラダ」「カプレーゼ」をいただく。ピザ目当てで来たことをちょっと忘れてしまうくらい、どちらも素晴らしくおいしい。とくにカプレーゼで使われている、モッツァレラチーズの口溶けには言葉を失う。

肝心のピザは、店名をそのまま冠した「マッシモッタヴィオ」というものを選んでみた。生ハムがふんだんに使われたその見た目は豪快かつ新鮮。味わいは素朴であるのに、しかし「これ以上ないくらいのごちそう」でもあると、体が反応しているような感じ。

そう、思えばあのテレビ番組を観て、我知らずピザ欲が出てきたことも「体の反応」だ。その反応に素直に身を任せているうちに、半年という時間をかけて、びっくりするくらいおいしいピザにたどり着いた。

予想以上の美味さに圧倒されてか、いつものビール欲も、このときばかりは吹っ飛んだようだった。

第25夜　高田馬場でミャンマースマイル

東京の旅先 (角)

正月の休暇に、数日、ミャンマーにいった。ミャンマーの食べものは総じておいしいが、とくべつ印象深かったのがシャン料理だ。泊まったホテルのそばにある店に食事にいったら、そこがシャン料理の店だった。料理はどれもすばらしくおいしいのだが、辛い。ものすっごく、辛い。でも、おいしい。箸《はし》が止まらない。「シャン地方ってどこだろう……」と、私たちはその場でガイドブックを広げて調べた。ミャンマーの東、タイ北部とラオス北部、中国雲南省に接しているのがシャンという一帯である。

帰国後もあの辛さが忘れられず、東京にもシャン料理はあるのか検索してみた。あまり期待していなかったが、あった！　ミャンマー料理店の多い高田馬場に一軒ある。東京は、本当に何料理でも食べられると感心しつつ、さっそく予約した。

『ノング インレイ』は駅前のビルの一階にある。一時帰国している香港在住の友人をまじえ、ビールとレモンサワーで乾杯。ミャンマーで食べておいしかったお茶葉のサラダ、シャン風高菜漬炒《いた》め（豚）、酢筍と豚の煮込み、シャン豆腐の和《あ》え物などを頼む。注文を聞いたお店の人がにっこりと笑って厨房《ちゅうぼう》へと向かう。ああ、この笑顔。

ミャンマーを旅していたときの、飲食店や雑貨屋やホテルの人たちの笑顔を思い出す。ちょっとびっくりしてしまうくらい、みんな「にこーっ」と笑うのだ。サービススマイルではなく、心からの笑い顔で、ついついこっちも顔がほころんだ。東京で暮らすミャンマーの人たちも、おんなじ顔で笑ってくれるんだなあ。

料理が運ばれてくる。みんなで取り分けて食べる。何もかもがすばらしくおいしい！　コクがあるのにあっさりしていて、あとを引く。どんな出汁《だし》、どんな調味料を使っているのか、まったくわからない。タイ料理と似ているようで違う。でも、旅先で食べたものより、辛くはない。テーブルに置いてある唐辛子セットをふりかけてみるが、記憶の辛さには届かない。

店内のテーブルはどんどん埋まりはじめる。お客さんの多くはミャンマーの人らしく、私にはわからない言葉が飛び交っている。東京にいることを忘れそうだ。

今度注文するときは、辛くしてもらおうと言い合ってメニュウを眺める。ピリ辛空芯菜の炒め物、シャン味噌《みそ》炒めを頼み、「辛くしてください」と告げる。そしてやってきた料理が、たしかに辛い！　うれしい！　レモンサワーが進む。

私たちは〆に焼きそばを頼み、これもうーんと辛くしてください、とお願いした。料理がくるまでのあいだ、レモンサワーを飲みながら、三人で今まで旅した場所のこと、そこで会った人たちの話をしあう。世界は広い、いきたいところはどんどん増える。

そして登場した焼きそば。これが、震えるほど辛くなっていて、辛いもの好きの私と香港の友人は、おいしいおいしいと夢中で食べる。辛いものハイになって笑いが止まらない。辛いものにもずいぶん慣れたはずの夫だが、リミットをちょっと超える辛さらしく、呆《ほう》けたような顔で「シーシー」と呼吸音のみ発している。

旅先のような居心地のいいお店で、閉店ぎりぎりまで居着いてしまった。帰り際《ぎわ》、「チェーズーティンバーデェ」と、旅で覚えたお礼の言葉を言うと、お店の人はまたしてもにこーっと笑ってくれた。

あの辛さ、再び 河

新年早々、夫婦でミャンマーを旅した。

上座部仏教の国であるミャンマーでは輪廻《りんね》転生、いわゆる生まれ変わりの思想が浸透していて、そのため街の人々はとても親切だ。生きているうちにたくさん良いことをしよう、という考え方をみな、子どもの頃から当たり前のように持っているのである。食事を終えて店を出るとき、こちらがたどたどしいミャンマー語でチェーズーティンバーデェ（どうもありがとう）と言えば、店員たちは例外なくすばらしい笑顔を返してくれる。男女を問わず、その笑顔は本当に美しい。旅している間、なんて気持ちのいい国なんだろうと、よく妻と話していた。

人に対してだけでなく、ミャンマーの人々は動物に対しても優しい。ノラ猫やノラ犬に食べ物を与えるのもやはり「功徳《くどく》を積む」ということになるのだろう、動物たちのための食事皿を街ではよく見かけた。ただちょっと驚いたのは、その猫や犬と同列に「牛」がいることだった。おそらく荷運びなどで人と密接な関係にあるからだと思うのだが、この国では「牛を食べるなんてかわいそうだ」と感じる人がとても多く、そのため食堂やレストランには牛肉を使ったメニューがまったくない。メニューのほとんどはカレーや麺《めん》類で、使われている肉はもっぱら豚と鶏である。

ヤンゴンで過ごした最後の夜、ホテルの近くにシャン料理の店があるというので行ってみることにした。シャン料理については何も知らないまま、うまいうまいと言い合って色々食べていたのだが、注文した料理の中にひとつ、知っているものがあった。よく行く吉祥寺の『ランサーン』で食べた「豚肉と竹の子炒め」である。味も『ランサーン』とよく似ている。そして、ものすごく辛い！　その辛さといったら『ランサーン』以上ではないかと思う。まさかミャンマーでこんなに辛いものを食べることになるとは思ってもみなかったので、びっくりを通り越して、しばし放心してしまった。

調べてみると、シャン州はミャンマー東部に位置し、タイやラオス、中国と国境を接する地域で、シャン族というタイ系の民族が暮らしている。なるほどそうかと膝《ひざ》を打った。ラオス・タイ料理の『ランサーン』の味に似ているわけだ。

帰国後も「あれは本当に辛かった」という話をよくしていたが、どうやらあのシャン料理を出す店が日本にもあるらしい、あるとき妻が（目を輝かせて）そう言った。こういうときの、妻の辛いものにかける情熱というか、意欲は本当にすごい。いいね、今度行こうか、と言いながら僕は「あの尋常でない辛さのものをまた食べるのか……」と内心穏やかではなかったのだが、それを見て取ってか「たぶんそんなに辛くないよ、日本人向けにしてあるよ」と妻は背中を押す。そうかなあ……。

そのシャン料理店『ノング インレイ』は高田馬場にあった。店に入ると、すでにメニューを吟味している二人がいる。妻と、香港から一時帰国しているわれわれ夫婦共通の友人だ。早速乾杯し、ミャンマーで食べて気に入っていたもの、気になるものなどを注文していく。

ヤンゴンで食べたシャン料理と比べ、こちらはより家庭的な印象。「お茶葉のサラダ」「酢筍と豚の煮込み」など、クセがなく日本人好みの味だ。どれも、とてもおいしい。妻が「辛くして」と注文して出てきた料理もヤンゴンで行った店に比べればひかえめな辛さで、何も案ずることはなかったなと、調子良くビールをおかわりすると五、六杯。すっかり気も緩んで、僕は傍にあった調味料の小瓶（唐辛子入り）を何気なく使ってみた。あっ……。

それ以降、僕のビールをおかわりする意味が変わった。もう一杯、こ、この辛さを鎮《しず》めるために、もう一杯だけ！

激辛調味料で自爆している僕をよそに、妻と友人は「これが一番辛いね」などと話しながら、おいしそうに焼きそばを食べている。あとでちょっと食べてみたら、これがまたとんでもない辛さで、二口目は無理だった。
とても優しい国ミャンマー。だがシャン料理だけはどうやら、優しくないようだ。

第26夜　新中野のインド居酒屋

ここでしか食べられない！ ㊕

新中野に、スパイス居酒屋があるという。教えてくれたのは「芸術新潮」編集長Yさん。それはいかねばなるまい。編集長と編集者Sさん、夫と四人でいくこととなった。

目当ての『やるき』、見かけはごくふつうの居酒屋さん。二階に案内される。メニュウを見て唸《うな》る。タンドリーチキンやきとり、スパイシー鶏レバー、骨付きマトンカルビステーキ、パクチーたまご焼き……どんな料理なのかうまく想像ができない、でも興奮する！　いつものように私はレモンサワーで乾杯し、やきとりとスパイシービーフなどの串、やるきポテトサラダ、マトンカルビステーキ、魔法のスパイスの鶏からあげなど、どんどん頼む。

串《くし》ものはなるほどスパイスがきいていて、適度に辛くておいしい。大きいので食べ応《ごた》えがある。ポテトサラダはカレー味で、その妙にはっとする。潰《つぶ》した芋とカレー、合わないはずがないのに、なぜか思いつかないサラダである。マトンはしっかり味がついていて、やわらかい。スパイスのきいたエスニック味だと、なんだか単調な味ばかりになってしまいそうなのに、みんなそれぞれ個性があって、上品な辛さもあって、おいしい。このあたりで夫が「にらと豆腐のたまごとじ」を注文する。きっとスパイスからしばし逃亡したくなったのだろう。その狙い通り、これはすごくやさしい和風味。

入店してメニュウを見たときから、私はかたい決意をしていた。〆のカレーを食べる。ぜったいに食べる。メニュウには、キーマカレーライス、マトンカレーライスとあり、しかも、カレーのみもＯＫ、辛さも一から十まで選べる、と書かれている。値段も六百円だからそんなに多い量ではないだろう。そう決めていたので、食べる量を調節しながら飲んでいたのである。それにしても四人で飲むと、いろんな料理が少しずつ食べられていいなあと心から思う。パクチーが苦手な夫と二人だったら、パクチーたまご焼きも泣く泣く断念しただろう。

さてそろそろカレーにいきますか。だれからともなく言い出して、いよいよのカレーである。私はマトンのカレーのみ、辛さは十で注文する。夫はキーマカレーライスを注文、そのふたつをみんなで分けようということになった。

このマトンカレーがおいしい！　きちんと辛くてきちんとおいしいマトンカレーだ。ルーだけというのもありがたい。ライスがつくと食事だが、ルーだけならつまみだ。

しかもカレーはどんな酒とも合う。おいしい、おいしい、おいしいと夢中で食べ、ふと気がつくと夫が無口になっている。「シーシー」という呼吸音が響く。キーマカレーもそうとう辛いようだ。

スパイス居酒屋、すばらしい。このお店のあの料理が食べたいと思ったら、ここにくるしかない。ここでしか食べられないものばかりなのだから。

目的通りカレーにたどり着いて、上機嫌で帰路に向かったのだが、途中ではっと気づいた。自分で思うより酔っていたのか、おいしすぎたのか、分けっこするはずだったマトンカレーを私は編集長にもSさんにも夫にも譲らず、ほぼぜんぶひとりで食べた。餓鬼のようではないか。深く反省。

ぐっとくる居酒屋 ㊒

カレーライスもラーメンも、物心ついたときにはもう日本食だった。和食と表現するのには違和感があるが、子どもの頃から慣れ親しんできた日本の味であることには違いない。

それらについてあらためて「ああ、日本人の口に合うように改良されてきたんだな」と思うことがあるとしたら、それはやはり、日本に伝わる以前のかたちを留めているであろう「オリジナル」を初めて口にしたときではなかろうか。

まだ十八、九くらいの歳《とし》のころ、友人に誘われて初めてインド料理店に入った。そのときの僕はインド料理について知っていることがまったく、何もなく、ライスとナンが選べると言われても、そのナンがどういうものなのかもわからない有様だった。

それでも興味はあるので、友人にいろいろと質問しながら気になるものを選んでいったのだが、出てきたカレーを見たときは驚いた（というか戸惑った）。ナンを囲むように小さな器がずらっと並べられていて、それらの中に、漬け物のようなものやヨーグルトのようなものが入っている。カレーに見えるものもいくつかあったことで、なるほどこれがインドのカレーなのかと、ワンテンポ遅れてやっと理解できたのだった。味がどうだったかは、正直言ってよく憶《おぼ》えていない。出汁がベースにあってスパイスは少々、という日本の味とはあまりにかけ離れていたので、たぶん僕の舌も、どう感じていいかわからなかったのだと思う。

僕にとってのインド料理はこのような「よくわからない体験」からスタートしていて(そのせいで一時インド料理を敬して遠ざけてもいたため)、スパイスを存分に味わうといってもいいようなインド料理を「おいしい!」と感じ始めたのは、実はわりと最近のことである。

しかし、今回行った新中野の『スパイス&ハーブ居酒屋 やるき』については、「よくわからない体験」をしたことのある人にこそ行ってほしいと強く思う。断言してもいい。その「もやっ」とした体験は塗り替えられるだろうと。どの料理にもスパイスがふんだんに使われていて、たしかにインド料理寄りではあるのだが、これが見事なまでに日本人の口に合う。なんというか「ぐっとくる」味なのである。

たとえば「やるきポテトサラダ」。かわいらしい盛りつけや、いかにも「スパイス効いてますよ!」と言っているかのような黄味がかった色合いが楽しく、味わいはふんわりスパイシー。だがしかし食感だけは、日本人がよく知っている「あのポテサラ」という、そのミックスの仕方というか創作のセンスに、僕は何か、作り手の「日本の味に対する愛情や敬意」のようなものを感じる。その印象を一言で言おうとすると「ぐっとくる」になるのかもしれない。

他にもビールがぐいぐい進む「タンドリーチキンやきとり」「海老《えび》のタンドリー焼き」など、独創的でうまい居酒屋メニューも充実している。お腹《なか》の都合で注文できなかったが（ぐいぐい進みすぎた）、「スパイシーおでん」「しまほっけスパイス焼き」といったメニューもあり、このあたりからもインド人店主の居酒屋料理、ひいては日本の居酒屋文化そのものへの愛が窺《うかが》える。それは「にらと豆腐のたまごとじ」など、あえてインドのスパイスを使っていないメニューがあることからもわかる。料理のアレンジが見事だからだろう、色々食べていくと、もはや何料理を食べているのかわからなくなる。わからないがただ、インドも日本もすばらしいよ！　という気持ちでビールをおかわりしている。明るく楽しい酔っ払いのできあがりである。

この連載も開始から二年になるが『やるき』は僕にとって、もっと早く来たかったお店ナンバーワンだ。

第27夜　西荻窪で広島マジック

外にもあふれ出す幸福㊀

五日市街道沿いに建つ『カンラン』は、オープン当時から目立っていた。ガラス張りの店内から白熱灯の光がはじけて、店自体が発光しているみたい。通りかかるたび「なんてしあわせそうな店だ！」と思っていた。

広島流お好み焼きの店だが、サイドメニュウがものすごくたくさんあって、そのどれもが、すばらしくおいしい。いつも心から感動するのだが、いかんせん、この店のお好み焼きは立派なので、あまりにサイドメニュウを食べてしまうとお好み焼きにたどり着けない。でもあれこれ食べたい。悩ましい店なのである。幾度か夫と二人でいったが、一度食べきれなくてお好み焼きの残りを持ち帰って以後、熟考に熟考を重ねて注文するようにしている。

あれこれとたくさん食べたいときには人数を増やすべし。そのなかに大食いをひとり入れるべし。最近身をもって学んだので、友人二人（大食い含む）に声をかけ、四人で集合した。ビールとレモンサワーで乾杯。久しぶりの四人なので、炭酸の栓を抜くみたいにいきなり話があふれ出て、だれもメニュウなんて見もしない。エリンギの黒胡椒《こしょう》焼き、アボカドの西京味噌漬け、えびと塩レモンのワイン蒸し、カキバター焼き、話すみんなをよそに、ひとりで勝手にじゃんじゃん頼む。すると大食いの友人がぱっと顔を上げ「そば肉玉一枚下さい」と言う。すごい。感動する。私と夫はいつも、満腹にならないよう慎重に何品か食べて、腹スペースをきちんと確保して、最後の最後にお好み焼きを注文する。しかしこの大食い友は、そんなせせこましいことをせず、いきなり前菜としてお好み焼きを所望。こ、これは、二枚いけるかもしれない……。私は感動に打ち震える。誇張ではない。この店でお好み焼き二枚は、夢のまた夢だった。

お好み焼きはキャベツがたっぷり入っていて、おなかいっぱいになるけれど重くない。しょっぱくなくて、それがうれしい。そしてやっぱり一品料理がすこぶるおいしい。カキのふっくら、えびのむっちり、エリンギのさくさく。どの料理も味が濃くなくて健全なおいしさだ。箸は止まらず、話も止まらず、ビールとレモンサワーもじゃんじゃんおかわりする。

混んでいるときは二時間制である。この日もきちんと混んでいる。あっという間に一時間半が経過している。話を遮って私はおそるおそる「もう一枚、いける？」と訊《き》いてみる。おう！　と頼もしい答え。大食い友が、うどん肉玉を注文する。この店でお好み焼きを二種類食べられる日がくるとは思わなかった！　そば肉玉はそばの端っこがかりっとしていておいしいが、うどんももちもちしていておいしい。しかしながら、さすがに三切れが残った。残った三切れを持ち帰りバッグに入れてもらい、店を出る。

満腹を抱えて、話の続きを再開すべくもう一軒目指して歩く。

ガラス窓から橙《だいだい》色の明かりがはじける『カンラン』は、外から見るとおり、なかにいても無性にしあわせな気分になれる店だ。もう一軒目に向かってみんなと歩きながら、私は早くも次回に注文すべき未食メニュウをあれこれ考えているのだった。

魔法のキャベツ 河

西荻窪にある広島流お好み焼き屋『カンラン』は、いつも混んでいる。妻と何度か行ったことがあって、お好み焼きはもちろん、他の何を注文してもすべてがおいしい。なので定期的に「ああ、行きたいな」と思うのだが……そんな時ふらりと行って入店できるかというと、これがかなり難しい。今日はお好み焼きが食べたい！　という気持ちで『カンラン』に向かってみたものの、結局入れなかった、ということが今までに何度もある。

すこし前にもそんなことがあって、そのとき店員さんから「予約できますので」とショップカードをもらった。なんとなく、この店は予約ができないのだと思い込んでいたのだが、そんなことはないみたいだ。

それならばと友人ふたりを誘い、早速四名で予約を入れた。妻とふたりだと、〆《しめ》のお好み焼きを一枚シェアするのが精一杯なので、いつも以上の品数を食べよう、という意気込みでの二名追加である。

当日、店に入るとすでにみんな席についていた。予約したのはコの字型のカウンターではなく、座敷のテーブル席だ。

僕はいつものように生ビールで乾杯。ちなみにこの日予約できた時間は五時半で、こういった時間に飲み始めるということが普段ないからか、なんだか少しだけそわそわする。そして七時頃に飲むビールとは、微妙に味が違う気がする。正月に昼から飲むビールともまた違う。ビールとは舌ではなく気分で味わうものなのか。

そろそろビールのおかわりを頼もうかというところで、お通しで出ていた生キャベツを食べすぎている自分に気がつく。いけない、こんな調子ではせっかく四人いる意味がないではないか。でもこのキャベツ、自然な甘みがあってすごくおいしいのだ。

野菜好きとしてここは力説したい。

そもそもなぜ『カンラン』のお好み焼きを定期的に食べたくなるのか、他の店とは何が違うのか、それがずっとわからないままでいたのだが、もしかしてこのキャベツなのではないかという気がする。この甘みを熱でさらに引き出したキャベツが、トロトロになった卵の陰で、実はかなり効いているはずだ。もちろん、どんなお好み焼き屋でもキャベツは重視すると思うが、『カンラン』のキャベツの扱い方は抜きん出て巧《うま》いのだと思う。

それはさておき、お好み焼き以外のメニューもおいしいのがこの店。「カキバター焼き」はいつ食べても幸せになる味で、口の中にじんわり残ったカキの風味がビールのおかわりを要求する。「マグロとアボカドのなめこ醤油和え《じょうゆあえ》」は、ここでしか味わえない唯一無二《ゆいいつむに》の味で、サイドメニューの中で僕はこれがいちばん好きだ。よく「アボカドに醤油をかけるとトロの味になる」というが、その醤油が自家製のなめこ醤油である上に、さらにマグロそのものが入っているのである。この味の掛け合わせ方というか、相乗効果はちょっとすごい。ひとことで言えば、めちゃくちゃうまい。

四人いたおかげで、この日はお好み焼きを二種類食べることができた。スタンダードな「そば肉玉」を分け合ったあとで、「うどん肉玉」をチョイスしたのは吉祥寺『中華街』の回でも登場したベーシストひろし。この店で初めて、というか、うどん入りのお好み焼きを食べたのが初めてだったが、とてもおいしかった。やっぱり、決め手はキャベツなんだと思うなあ。ふつうに蒸しているようにしか見えないのに、まるで魔法のようだ。

店を出たあとは二軒目のバーに流れて、あれやこれやと話しながら二時頃まで飲んだ。そして四人いても「もう一杯だけ」というフレーズを口にするのは、やはり決まってわれわれ夫婦のどちらかなのだった。

第28夜　芝居ファミリーと新宿

芝居後の芝居話 ㊮

夫が音楽を担当した芝居『イントレランスの祭』を友人二人と見にいった。終演後、仕事終わりの夫と落ち合い、みんなで劇場のすぐ近くにある居酒屋に向かう。

劇場の近くにちょうどいい居酒屋があるというのはたいへんありがたい。そして、その店でかまわないと言ってくれる友人もたいへんありがたい。飲食に強いこだわりのある友人だと、観劇後、おいしい店にいくのに、二十分くらい歩いたり、ときにはタクシーに乗ったりもする。せっかちな私は観劇後はすぐに飲みたい。すぐに飲みながら感想を言い合いたい。すばらしくおいしい料理を食べるより、おおぜいでわいわいと飲み食い話したい。

劇場の向かいにあった居酒屋は『琉球《りゅうきゅう》・梅酒Diningてぃーだ』という沖縄料理の店で、チェーン店のようだ。座敷席に案内されて、ビールやレモンサワーで乾杯。お通しはもずく。ゴーヤちゃんぷるー、海ぶどう、スーチカー（塩漬け豚）、ポテトフライ、ラフテーなど、思い思いに頼み、運ばれてくるそばから食べる。ちゃんぷるーのスパムがおいしい、スーチカーもおいしい。

感想を言い合っているうち、芝居に出ていた若い役者さんも場に加わり、話はさらに盛り上がる。私はレモンサワーを、夫はオリオンビールを幾度もおかわりし、友人も泡盛の水割りに変えて、ざばざば飲んで話し続ける。さらにもっと若い役者さんたちちがやってきて、広い席に移らせてもらう。いやな顔ひとつせずにお店の人が対応してくれて、ありがたいことである。

ひとつの芝居にかかわった人たちは家族みたいだと思うことがある。本人たちはどう思っているのかわからないけれど、独特の親密さがあり、相互理解がある。好きとか嫌いを越えた、強固なつながりがあるように見える。でもそれは、ひとつの芝居を上演し終わるまでの一時的なつながりでもあるのだろうなと思う。そういうぜんぶ、私は強烈にうらやましく感じる。作家という職業は、それと対極にある。もちろんひとりで本を出版することはできず、多くの人とともに作業をしているのだが、「ともに」は物理的にいっしょ、というわけではない。書いているあいだも書き終わってからもひとりだし、そして、芝居のように、読む人の反応をその場で見ることはできない。

夫は、芝居の稽古《けいこ》開始と同時に、仕事場に缶詰になって音楽を作っていた。もの書きと同じくらい孤独な作業であるなと思っていたが、でも、稽古場に通ったり、全曲完成して劇場入りしたり、初日が終わって打ち上げに参加したりしているのを見ると、やっぱりうらやましい。そういう場があるって幸福なことだ。ラストオーダーの時間だと告げられ、若い役者さんたちがソーミンちゃんぷるーや石焼きタコライスといった炭水化物系をがんがん注文している。さすがだ……。若いってすごい。

こうやって何度もごはんをいっしょに食べることも、独特のつながりを生むひとつの理由なんだろうなと、年齢ばらばら、注文ばらばら、しかし同じ芝居の話をずっとしている面々を眺めて、思うのである。

今年もまた、葉桜の頃　㊏

昨年に引き続き、鴻上尚史さんの舞台で音楽を担当した。三週間で四十四曲を作るという制作スケジュールは（劇伴作家の世界では）一般的なものだと思うが、僕は筆が遅いので、仕事場のスタジオに缶詰にならなくてはいけなかった。結果的には自分できちんと納得のいく仕事ができ、それは本当に幸福なことだったと思う。しかし体力的にはかなりしんどいものがあった。とにかく時間との戦いで、通し稽古が始まる直前の追い込みでは四十八時間くらいぶっ通しで作曲、録音をしていた。当然、飲みに行く余裕などは全くなかった。

それだけに公演が始まり、芝居がはねてキャストと飲みに行く機会があったりすると、そのつど「一杯目のビール」のうまさに言葉をなくした。なんて美味《うま》いんだろう、というため息しか出てこないのだ。酒は間違いなく、働く者のためにある！

そんな東京公演のさなか、妻が芝居好きの友人ふたりを連れて舞台を観《み》に来てくれるというので（僕はその日、別の仕事があり観劇はできなかったのだが）終演後、劇場の外で待ち合わせて近くの沖縄料理店『てぃーだ』に入った。

四人で乾杯し、舞台の感想を色々と聞かせてもらう。たとえ音楽のことでなくとも、この舞台に関する話なら何でもしたい、聞きたい、そういう気持ちになっていた僕は、いつもよりビールを飲むペースが速かったかもしれない。妻はだいたい飲み会序盤、運動後にスポーツドリンクを飲むような感じでレモンサワーを二、三杯空にするのだが、この日ばかりは僕の勢いもそれくらいだ。

そうこうしているうちに、キャストの一人が知り合いの演出家を連れてやってくる。あらためて乾杯し、スポーツドリンク、もとい、ビールをすぐにおかわりして、また舞台の話。するとまたキャストが新たにふたりやってきて乾杯。誰と誰が初対面だの、そんなことはお構いなしにどんどん人がふえて交わっていく。テーブルの各所で、新しい花がぽんぽんと咲いていくのがわかる。こういった打ち上げは、バンドをやっていた頃にはなかった。

僕が見てきた限りでは、ミュージシャンというのは総じてガードが固いというか、たとえば敬愛するアーティストがぴったりと一致する相手でなければなかなか本当には心を開かない、というようなところがある。中には社交辞令の上手な人もいるが、そういう人こそ、目の前の相手が自分の魂と響き合う何かを持っているかどうか、瞳《ひとみ》の奥でじっと見極めていたりするので、仲良くなるのがなかなか難しい。

僕にもいくらかそういうところはあるし、良《よ》し悪《あ》しの問題ではもちろんないのだが……ただ、ひとつの舞台を一緒に作った仲間という関係になると、人はこんなにも自然に打ち解けられるのか、というのはミュージシャン目線から見た率直な感想だ。そして役者というのは、ミュージシャンがだいたい持ち合わせている自意識の過剰さのようなものがなく、無防備といっていいほど話しやすい人が多い。

今回の仕事をしていてただひとつ残念だったことといえば、スタジオに籠《こも》りきりだったせいで桜を見る機会がなかったことくらいだろうか。昨年も同じ時期に缶詰になっていて、仕事が落ち着いてはたと気づけば、すでに桜は散っていた。稽古で忙しく、やはり桜どころではなかったキャストたちと「花見なんかできなかったね」と話しながら飲んだ。残念な話をしているのに、なぜか少し、そのことが嬉《うれ》しいような気持ちになっているのが不思議だった。

『琉球・梅酒 Dining てぃーだ』新宿南口店は現在閉店し、水道橋店、御茶ノ水店などの店舗は営業しています。

第29夜　猫と魚と西荻窪

猫友だちと魚を食す（角）

『しんぽ』は近隣では超有名店。今日『しんぽ』にいきたいな、と思ってもまず入れない。へたをすると、一週間前だって予約がとれない。今回、前日に夫がダメ元で電話したところ、奇跡的に予約ができた。このお店にかんしては、奇跡という言葉はまったく大げさではない。

このお店をそこまでの人気店にした理由は、魚だと思う。日本酒の品揃《しなぞろ》えがいいとか、料理がおいしいとか、お店の佇《たたず》まいがいいとか、スタッフの人たちの対応が気持ちいいとか、ほかにも理由があるとは思う。でも、いちばんは魚。とにかく魚がおいしい。自他ともに肉派と認める私が「魚っておいしいのか！」と知ったのは、このお店にはじめてきた十数年前だ。

今回『しんぽ』に予約を入れたのは、友人ユータくんと飲むためである。正月明け、我が家の飼い猫を数日ユータくんに預かってもらった、そのお礼の会だ。ロフトのような二階席に案内され、三人で乾杯をする。メニュウを見て、思い思いの刺身を注文していく。〆鯖《しめさば》、平政、黒むつ、生ガキ。それからアスパラ塩焼、油揚げ焼。店内はもちろん満席。一組のお客さんが帰っていくと、すぐに次の予約客があらわれるといった状態。

〆鯖は身が厚くて脂《あぶら》がのっていて酢もちょうどいい。黒むつの刺身ははじめて食べる。平政もおいしいなあ。登場した生ガキをつるんと食べて、あまりのおいしさに震える。「うわ、鳥肌立ったわ!」と叫ぶユータくんの隣で、私も鳥肌立っている。おいしくて鳥肌が立つってめったにあることじゃない。

日本酒が豊富だが、私が飲むのはいつもレモンサワーと緑茶割りだ。この緑茶割りが濃くておいしい。きれいに積まれたアスパラも、分厚い油揚げも、家でも作ることのできる料理なのに、そうした類《たぐい》とまったく違う堂々たる品格がある。

ユータくんは無類の猫好きで、うちの猫トトも快く預かってくれる。飼い猫の話は、自分ちの子どもの話とおんなじで、他人にはまったく興味がもてないものだが、ユータくんはいつまでもトト話をいっしょにしてくれる。なんてありがたいことだろう。

焼き魚も食べよう、ということになり、何を焼いてもらおうかさんざん悩んで黒むつに決定。これがやっぱりすばらしくおいしい。ふだん私は魚の皮はぜったいに食べないが、このお店の魚の皮なら食べる。皮がぱりぱりで、身はふっくらしている。おいしい、おいしいと三人で平らげる。本当はいくらののったチャーハンやタコのチャーハンや握りずしや塩ヤキソバも食べたい。食べたいが、焼き魚で満腹。男子二名も満腹。

次のもう一杯、はうちで、ということになり、店を出て家に向かう。来客があるといったんは別室に隠れるトトだが、恩のあるユータくんを覚えているのだろう、近くにくるや、ごろんと寝転んでおなかを見せている。そのポーズで、チロー、とユータくんを見上げている。おいしい魚でおなかいっぱいであることが、なんとなくトトに申し訳ない気持ちになりながら、ワインと缶酎《チュー》ハイで、再度乾杯。

美しい魚 ㊐

学生の頃、オーケストラに所属して少しばかりバイオリンをかじっていたことがある。アルバイト代をためて買ったバイオリンの値段は十万円だった。バイオリンで十万といえばまあ安物なのだが、まったくの初心者として入団した僕にとっては分相応な楽器だった。

あるとき指導の先生が「ちょっと貸して」といってその楽器を弾いたことがあった。肩当ての高さに問題がある気がすると僕が相談したからなのだが、先生はこともなげにその楽器をひょいと構えて「うーん、とくに高すぎるということはないけど」などと言いながら、それはそれは美しい音を奏《かな》でてみせた。驚いた。この安物から、こんなに素晴らしい音が出るのかと。

その後ドラマーとしてデビューして、僕は同じような経験を何度もすることになる。たとえば出演バンドが多いライブイベントで、各ドラマーが同じドラムセット（やはり高価ではない、ごく普通のもの）を代わる代わる使い回すという場面。自分の出番が終わって一息ついていると、さっきまで自分が使っていた楽器から、信じられないくらい太い音が鳴っている。ぎょっとして覗《のぞ》きにいくと、ドラマーはまったく力んでいない。

本当に巧いプレイヤーというのは、技巧的、装飾的演奏に優れているというより、その楽器について熟知していて「鳴らし方を知っている人」のことをいうのだと思う。そういう人が自分に合う「良い楽器」を追求していけば、その演奏には必ず人が集まる。

演奏に、ではなく、魚の味に人が集まっているのが西荻窪にある居酒屋『しんぽ』だ。

なかなか予約がとれない人気店だが、ダメでもともと、それを承知で「明日入れますか」と問い合わせてみたところ、幸運にも空きが出そうだとのこと。すかさず三名で予約を入れた。『しんぽ』を愛してやまないミュージシャンの友人、ユータを誘おうと思ったのだ。ユータにはわれわれ夫婦が海外旅行に出る際、いつも猫を預かってもらっている。今年のミャンマー旅行でもお世話になっていて、そのお礼はぜひ『しんぽ』でと考えていた。

ほぼ待ち時間なしで二階の座敷に案内され、僕とユータはビール、妻はいつものようにレモンサワーで乾杯。猫の話で盛り上がりつつ、ヒラマサ、黒ムツ、シメサバなどを味わう。ここの魚は本当においしい。今までに何度も来たが、そのたびに思う。いい魚を選んで、丁寧に仕込んで、ベストな状態で出す、というその仕事ひとつひとつが(他にも色々と専門的なことがあるのだと思うが)とても誠実だということが味でわかる。

昔ある年長者に「ドラムなんて叩《たた》けば音が出るんだから、簡単な楽器だよね」と言われて、うーん、わかってないなあ、と思ったことがあったが、刺身だって本当においしく出そうと思ったら「切って出すだけ」なんて簡単なことではないはずだ。素材の良さを最大限生かすためにどれだけの腕が必要か、ということについて(ミュージシャンなりに)わかるつもりではいるので、僕は『しんぽ』の魚を味わうとき、畏敬《いけい》の念というと大げさだが、しかし確かにある種のつつしみをもって「うまい」と言っているように思う。最高の楽器から、余すところなく美しい音色を引き出す演奏者に接しているような気持ちで。

第30夜　赤羽の一軒家居酒屋

世界に誇りたい　㊚

好き嫌いとはまったく関係なく、縁のある町とない町がある。赤羽にはまったく縁がない。昼から飲めるという、有名な居酒屋さんがあるのはなんとなく知っていた。ずいぶん前に一度いったような気もしていた。

赤羽にくわしい編集者夫妻と夕方四時に赤羽駅で待ち合わせる。飲み屋街を通ってその有名な居酒屋『まるます家』さんを目指す。まだ明るいのに、すべての飲み屋さんが開店している。多くの店ですでに客が飲んでいる。なんだこの町は……。そしてやきとん屋さんの奥に、小学校の門がある。夕方四時にこうこうと灯る赤提灯《あかちょうちん》を見て、子どもたちは酔客を横目に下校するのだなあとちょっとした感慨に打たれる。なんと個性の強い町だろうかと、着いて数分なのに思う。

歴史的建造物のような『まるます家』さんに着いて、いや、ここはきたことがない、はじめてだと気づく。一階席は昭和三、四十年代の映画に入りこんだみたい。二階に上がると座敷席がぱあっと広がっている。なんてすてきなところだろう！　名物だというジャン酎のレモンを頼み、メニュウを見る。ものすごい料理数である。かつお、つぶ貝、里芋唐揚、モツ煮込み、たらこ焼き等々を注文。ジャン酎用の氷が、発泡スチロール箱に入って出てくるのも味わい深い。

飲み食いしていると、窓の外、ゆっくりと日が傾いていく。涼しい風が吹きこむ。ああ日本はすばらしいなあと大仰なことを思う。でもこの、ドリンクもメニュウも、とにかくなんでもあって、それぞれきちんとおいしい居酒屋は、日本以外、世界のどこでも見たことがない。建物の風情《ふぜい》も含め、このお店は日本の居酒屋のすばらしさを凝縮している。世界に誇ることができると思う。

夕方六時に夫が合流し、ビールとジャン酎で再度乾杯。まだ外は明るい。仕事のこと、旅のこと、あれこれ話しながら杯を重ねる。客層もさまざま。カップルもいれば、老紳士グループもあり、中学生らしき娘を含む家族連れもいる。みんなたのしそう。しかも、静か。

私が感動したのは「たぬき豆腐」。豆腐に、キュウリ、カニかま、わかめ、天かすをのせ、冷たいそばつゆをたっぷりかけた一皿。これは本当においしい。キュウリまでおいしい。

私はここでみずからの失策に気づいた。鰻《うなぎ》が有名だというこのお店の鰻のために、腹を調節しながら食べるべきだったのだが、すでに満腹なのである。私以外の三人はなまずの唐揚や名物の鰻を食べている。いいや、また今度ここにくればいいのだ、といじましく思う。

気分的には夜の十一時過ぎくらいなのだが、実際はまだ八時。『まるます家』を出て、飲み屋街を見学して歩き、おもてにテーブルを並べたイタリア料理の飲み屋で二次会。私と夫妻はボトルのワイン、夫はビールでまたまた乾杯。もう夜は更《ふ》けている。さっきまでは世界に誇れる日本の居酒屋にいたが、こうしてテラス席で飲んでいると、旅している気分になる。いやいや、赤羽というはじめて訪れた町との縁のなさを思うと、これも旅だ、と思う。

一度旅すると、その土地と縁ができる。体験で知っていることだ。だからきっと、昼飲みの聖地と呼ばれるこの町とも今日、縁を結んだことだろう。

やっぱり酒が好き　(河)

こういった連載をしているくらいなので、わざわざ言うまでもないことだが、酒を飲むのが好きだ。仕事の打ち合わせが終わった後などに相手から「じゃあちょっと、軽く一杯いきますか？」なんて言われると、条件反射的に気持ちが「わくっ」としてしまう。うちで飼っている猫はおもちゃのレーザーポインターの光を追いかける遊びが好きで、そのおもちゃのスイッチが入る音を聞くや否《いな》や、こちらを振り返って尻尾《しっぽ》を「ぴんっ」と立てるのだが、まあ、だいたいそれと同じような感じである。

しかし、飲めればそれでいいというわけではない。ひとりきりで飲むのはいつも気が進まないし、それからこれは最近になってはっきりと自覚したことなのだが、僕は「缶ビールを缶のまま飲む」というのが苦手だ。いくらビールが好きでも（いや、だからこそなのか）缶のまま飲むとどうも美味くない。容《い》れ物によって味が変化するわけはないので、感じ方が変わる、ということなのだろう。グラス、ジョッキ、プラカップ、紙コップ、缶、の順に味は落ちるような気がする（グラスは薄いものほど良い）。

美味さが減じる要因に「飲み方として雑な感じがあり落ち着かない」というのもある。やはり酒というのは、その日やるべき仕事がすべて終わっていて、心置きなく「おつかれさま」と言えるようなタイミングで、テーブルについてゆっくり飲むのがいいのであって、缶のままでしか飲めないような状況ならビールはいらない、と思うことはままある（たとえば新幹線の中など）。酒の楽しみ方を自分で決めているわけではなく、本当にただ単に、なんとなく飲む、というのが嫌なのである。

日曜の昼間に路上で缶チューハイを飲んでいるおじさんを見かけると、のどかでいいなあと思う。そういう楽しみ方も酒にはある。でもそこに羨《うらや》ましい気持ちはなく、僕としては飲むならもっとちゃんと飲みたいのだ。

この「ちゃんと」には色々な意味があるが、言ってみれば「アルコールを摂取すること」と「酒を飲むこと」は違うということで、人生を豊かにしてくれるのは後者でしかないと僕は思っている。

先日、赤羽の『まるます家』という店に行く機会があった。そのときのことを思うと、自分の人生に酒があってよかったとしみじみ感じる。風情のあるすばらしい店だった。二階の広い座敷は年配の客で賑《にぎ》わっていたが騒々しさは全くなく、初夏の気持ちいい空気が開け放たれた窓から入ってくる。ビールはもちろん美味い。これ以上ないくらいに。

誰が言ったか、いい仕事をすることは真剣に遊ぶこと、という言葉がある。独自のルールをどんどん作り出して遊ぶ子どものように、楽しむ気持ちをもって取り組んだ仕事というのは良い結果が残るものだ、というような意味だったと思う。これは仕事に限らず、何にでも言えることなのではないだろうか。酒は仕事の後の最高のご褒美《ほうび》なのだから、ただなんとなく酔うのではもったいない。やはり自分にとって心地よい空間で、ちゃんと自分をねぎらってあげなければ。飲むことに関してそれくらいの積極性は忘れないようにしたい。

お決まりの「もう一杯だけ」も、その表れということにしておこう……。

第31夜　神田で羊三昧《ざんまい》

夏の羊と「もう一杯」㊍

未《ひつじ》年生まれだからというわけではないだろうけれど、私は羊料理が好きだ。私の羊好きを知っている友人に教えてもらった『味坊《あじぼう》』は、中国東北料理の店。羊料理がじつに多い。

真夏の一日、私と夫は友人を誘って『味坊』に向かった。この『味坊』、たいへんな人気店で、ふだんは予約をしないと入れないのだが、この日は席が空《あ》いていてすぐに入ることができた。遅れてくる友人を待たずにビールとレモンサワーで乾杯。干し豆腐の冷菜、ジャガイモの家庭風炒《いた》め、腸詰めを頼む。

『味坊』は店の感じからして庶民的な中華料理屋さんなのだけれど、一風変わっているのはワインのたくさん詰まった冷蔵庫があること。お客さんは勝手に冷蔵庫からワインを選んで飲むことができる。ビオワインが多く、白も赤もロゼも揃っていて、値段も手頃である。私はこのワインが好きなのだが、今日はレモンサワーでいく。

友人たちがやってきて、再度乾杯。ラム肉入り焼き餃子《ぎょうざ》とラムの串焼《くしや》きを頼む。この餃子をはじめて食べたときの感動は忘れられない。中身がふわふわしていてジューシーで羊の香りがほのかに鼻に抜ける。ラムの串焼きもかりかりしていて、クミンがラムの味を引き立ててたいへんおいしい。

この店はメニュウがたくさんあって、何度もきているが食べたことのないものがたくさんある。これ食べてみたい、あれも食べてみたい、とわくわくするのだが、たいてい自分内定番料理を注文して終わってしまうのだ。この日も、夫の好物、青菜炒めが出てきたころには私はほぼ満腹。ところがこのあと、見たこともない料理が運ばれてきた。友人のひとりが頼んだものらしい。豚肉細切りと板春雨《いたはるさめ》炒め、というらしい。食べてみてびっくり。まったくはじめてのおいしさ。何これ何これと言いながら満腹の胃に豚肉と板春雨をするすると入れる。

何人かで食べるとこういうことがあるからうれしい。ふだんなら食べない料理が勝手に出てきて、未知のおいしさだったりする。フロアは満席。みんなたのしそう。テーブルを見るとそれぞれにやっぱり見たことのない料理が載っていて、いいなあと思う。

またしても友人の頼んだラム肉入り手打ち焼きそばが運ばれてくる。いいぞいいぞ！　私と夫だけだったらたどり着けなかった炭水化物だ。興奮して胃がちょっと広がる。手打ちらしい不揃いの麺《めん》が、もちもちしてじつにおいしい。

何杯目かになるレモンサワーを頼み、ふと気がつくと満席だったテーブルに客の姿がない。そろそろ閉店らしい。まだだいじょうぶ？　とお店の人に訊《き》くと、だいじょうぶだいじょうぶ、とやさしい答え。ちなみにこのお店のスタッフは全員中国人。みなさんやさしい。

焼きそばを食べ終え、もう一杯だけ飲んで、それで終わりにしようか、と言い合い、全員でもう一杯ずつおかわりすると、「だいじょうぶ」と答えてくれたお店の人の顔が微妙にこわばる。それで終わりにします、すぐに飲んで帰ります、と言う私たちに、ちゃんと最後の一杯が運ばれてくる。そそくさと飲んで、さらに「もう一杯」とは言わずにちゃんと帰った。

風はゆっくり遠くまで吹く 河

名古屋にある台湾料理店『味仙《みせん》』が東京・神田に支店を出した、という話はミュージシャンの間で話題になっていた。名古屋公演の打ち上げといえば『味仙』、と言う音楽仲間は多く、僕も『味仙 矢場店』には十年以上前から馴染《なじ》みがある。妻と一緒に行ったこともあり、そのとき以来、味仙名物の「台湾ラーメン」は妻のお気に入りである。

そういうわけで、東京出店の報を聞いてすぐに「あの味仙が!」と二人で盛り上がり「行ってみよう」という話になったわけだが、いざ神田までやってきてみると、店の前にはたいへんな行列ができている。飲み客がこんなに行列を作るものだろうか？にわかには合点がいかず、列を整理している係員に尋ねてみると、ここは飲める台湾料理屋ではない、ラーメン屋だと言う。「あの味仙（飲める味仙）」がそのまま東京にやってきたわけではなかったのか……。

台風が近づいてきている日の夕方だった。生暖かく重い空気のかたまりが街全体を覆《おお》っていて、なんとなく、しょんぼりしているのはわれわれ二人だけではないような感じだ。

予約不可だと知ったときから「入れないかもしれない」という懸念《けねん》はあった。そのときは近くの中国東北料理店『味坊』に行ってみよう、という話をしていた。『味坊』も予約なしでは入るのが難しい人気店なのだが、こちらは奇跡的に（と言っていいと思う）あっさり入店することができた。やれやれという気持ちで、いつものようにビールとレモンサワーで乾杯、「干し豆腐の冷菜」「ジャガイモの家庭風炒め」をつまみながら、遅れてやって来ることになっている知人を待った。

ほどなくして現れたこの待ち人は、じつは僕にとって「知人」というには水臭い関係の人で、僕がバンドをやっていた頃に所属していた事務所の社長である（妻とも何度も会っている）。久しぶりの再会だった。バンド時代に行っていた名古屋の『味仙』の話に始まり、お互いの近況などを自然に話しているうち、なんだか唐突に、僕は自分が歳《とし》をとったことを実感した。

もしまだ僕がバンドを脱退しておらず、メンバーと社長という関係であったら、こうして大人同士が話すようには（三十八になろうとする僕が言うのはとても変なことなのだが）話せなかっただろうと思ったのだ。話の先に、きっと夢があっただろう。三十を過ぎても、四十を過ぎても、バンドをやっている人というのは、どこか夢の中に生きている。そのことが今はよくわかる。僕はもうそこに戻るつもりはなく、自分がいま『味仙』ではなく『味坊』にいるという、それだけのことがもう「バンドという場所から離れてずいぶん遠くまで来たこと」の比喩《ひゆ》のようだ。

さらに遅れて、もうひとり知人がやってくる。テレビ局に勤務している人で、やはり、かなり久しぶりの再会だ。乾杯するやいなや、先頃オンエアになったドラマ（妻の原作で、僕が音楽を書いた）についてとても熱い賛辞を述べてくれた。そしてずっと昔、僕が自分の夢についてポロッとこぼしたことを憶《おぼ》えてくれていて、着実に、近づいてますね、と言ってくれた。

口の中の「ラム肉入り焼き餃子」から、熱いものがじわっと広がるのを感じた。

第32夜　オールスター三鷹《みたか》に集合

ばらばらというまとまり ㊚

吉祥寺に、ハモニカ横丁という有名な飲み屋街がある。狭い路地に飲食店や商店が集まる昭和的な一角だが、お洒落《しゃれ》な飲み屋さんやレストランも次々とあたらしくオープンしている。そのハモニカ横丁が三鷹にもオープンした、と教えてくれたのは作家の井上荒野《いのうえあれの》さん。こちらは路地ではなく、ひとつのフロアにいろんな店があるフードコートである。荒野さんに一度連れていってもらってから、私はここが大好きになった。

友人数人に声をかけ、十八時に集合と伝える。とはいえ、みんな忙しいらしく、それぞれ遅れてやってくる。集まった人から飲みものをオーダーし、乾杯。

ワンフロアに、鮨屋《すしや》、焼鳥屋、スペインバル、日本酒バーなどがおさまっていて、それぞれの店の座席に着くこともできるし、中央スペースのテーブルに着くこともできる。そしてどの店の料理も注文できるのである。私たちは中央のテーブルで、アイスバイン、ポテトフライ、冷やしトマト、板わさをまず注文する。途中、ここを紹介してくれた荒野さん夫妻も合流し、総勢八人の宴となる。にぎり鮨、ラムの串焼き、牛すじの赤ワイン煮、脈絡のないまま、食べたいものをどんどん頼む。ビール、ワイン、焼酎、と酒もさまざま運ばれてくる。

この、料理も酒もなんでもアリ感がすばらしく、しかも、店内にかかった赤提灯のせいか、倉庫みたいな建物のせいか、非常に祭っぽい雰囲気があふれている。色とりどりの露店がずらりと並び、祭囃子《まつりばやし》が聞こえ、みんな浮かれて歩いている感じ。ただみんなで酒を飲み料理を食べているだけなのに、わけもなくたのしくなってくる。

この日集まったのは、ミュージシャン、編集者、俳優、古本屋店主、作家というばらばらの職種で、年齢も三十代前半から六十代前半と幅広い。夫の友だち、私の友だちを、もう何年も前にそれぞれ紹介し合って仲よくなって、だれとだれがそもそも知り合いだったのかわからなくなったような人の輪だ。この日も初対面同士の人がいたのだけれど、気がつけば、なんだかみんな昔からの知り合いのように笑って飲んでいる。

さっきのアイスバインがおいしかった、ともう一度頼む人もいれば、パスタを頼む人もピザを頼む人も出てくる。このあたりで私は自主的に何かをする意志を放棄し、出てきたものを食べ、目の前にあるものを飲む。酔っぱらった状態で食べるチーズのパスタがぎょっとするほどおいしくて、ばくばくと食べてしまい、年若い友人に分けるのを忘れていて、あわててもう一皿追加する。

時間が経過するにつれて、むやみなたのしさも加速していくのだが、おそらく明日になれば、いったい何を夢中になって話して何に笑っていたのか、私は覚えていないだろうと思う。でも無性にたのしかった気分だけは覚えている確信がある。年齢も職業も関係なく、ただなんとなく気が合って、人と飲むことが好きな人たちがこうして集まって笑っている、出会いの妙もきっと覚えている。三鷹ハモニカの祭っぽい雰囲気は、まさに、こんなハッピーな人たちの集まりに似合っている。

オールスター飲み会 ㊦

占いというものが僕はわりと好きで、タロットや手相、占星術など、これまで色々な人に何度も観《み》てもらってきた。その中で必ずといっていいくらいよく言われるのが「あなたは空想癖がある」ということで、これは占星術のホロスコープによれば、その人の基本的性質を表す「第1ハウス」に精神世界を司《つかさど》る海王星があるからなのだという。

たしかに僕は、日常のちょっとした時間、仕事場まで歩いていくときや電車に揺られているときなどに、妙な空想にとらわれてしまうことが多い。あるとき自分は未確認飛行物体とともに代々木公園に降り立った宇宙人であり、またあるときは中国の山奥に住む気功の達人である。なぜそんな空想をしているのかは自分でもわからない（変身願望でもあるのだろうか？）。

そういった取るに足らない空想の中に「オールスター飲み会」というのもあって、これはまあ、願望なのだろうなと思う。音楽の世界、演劇の世界、また妻を通じて知り合った小説家の世界にそれぞれ、僕には自分と気が合うと感じる人がいる。しかし彼ら同士は、僕が紹介しようと考えない限り知り合うことはないし、実際のところ、そうする理由も機会もなかなかない。その「彼ら」が一堂に会してワイワイ酒を飲んだりしたら……というのが僕の空想する「オールスター飲み会」である。プロ野球などでオールスターゲームのことを「夢の球宴」というが、この場合はさしずめ「夢の酒宴」であろうか。

その夢の酒宴が、空想上のものに近い形である日、現実になった。

舞台は三鷹にある『ハモニカ横丁ミタカ』。妻や小説界の知人たちと何度か行ったことがあり、場の雰囲気がとても気に入っていた。実際の横丁があるわけではなく、ひとつの建物に、焼鳥屋に鮨屋、ビストロや日本酒バーなど、たくさんの店が入っている。ひとつの店に腰を落ち着けてもいいし、店のカウンターから離れたテーブル席で、全店のメニューの中から好きなものを注文してもいい。店内には提灯がぶら下がったりしていて、なんだか縁日の屋台村で飲んでいるような楽しさもある。

そこに舞台役者、ミュージシャン、小説家に編集者、古書店の主人など、われわれ夫婦にとって気が置けない人たちばかりが集まったのだった。「三鷹のハモニカ横丁が楽しい」と方々で言っていたら、自然な成り行きでこうなってしまったのだ。

僕が音楽で携わった舞台の役者が、グラス片手に作家と談笑していたり、僕の十年来の友人であるミュージシャンが古書店主の駄洒落に笑ったりしている。デジャヴや正夢ほどぴったりと合致しているわけではないが、空想していたことがこんなふうに、現実に形をとり始めることがあるのだ。何杯目かわからないビールを飲みながら、僕はずっとそんな感慨にとらわれていた。

横丁は、いつの間にかすっかり満席になっていた。ふいにフロアの一角から「わあ、久しぶり！」と声が上がる。別のテーブルで飲んでいた舞台役者が、僕の呼んだミュージシャンと知り合いだったのだ。僕の空想が現実に近づいたことといい、ここにはなにか、人と人を結ぶ「場の力」のようなものでもあるのだろうか。『ハモニカ横丁　ミタカ』、不思議な魅力があるところだ。

第33夜　餃子の館《やかた》

餃子に包まれているものは㊍

餃子の秘密クラブみたいなものがあるのは、以前からなんとなく知っていた。会員でないと食べられないらしい。ミュージシャンのパラダイス山元さんが店主らしい。その餃子はたいそうおいしいらしい。私が知っていたのはそのくらい。

近ごろ親しくなったあるお方が、この秘密クラブの会員だという。一度、このお方に頼んで連れていってもらい、驚愕《きょうがく》した。そして今回、またしても彼に頼みこんで私たちはひっそりと集ったのである。『蔓餃苑《まんぎょえん》』、餃子の館に。

おもちゃ箱みたいな店内にはテーブルがひとつ。私たちは七人。この七人のなかに、私の友人のなかでもっとも大食いの三人がいる。この日はあらかじめおまかせコースをお願いしてある。大食いを仕込まないと、このコースにはかなわない。みんな集って、それぞれビールやサワーや日本酒で乾杯。

まず登場した餃子を見て度肝を抜かれる。サザエの貝殻のなかに餃子が入っている。具はほぼサザエだという。度肝を抜かれつつ食べて、みな一瞬言葉を失い、次の一瞬、合う合う合う、とうなずき合う。味に深みがあっておいしい。しかし食べたことのない味！

ここから怒濤《どとう》のようにいろんな餃子が登場する。えびの尻尾がぷるんと出たえび餃子、オーソドックスな餃子、そして蛸《たこ》、うに、いくらの餃子。え？ と思うはずだからくり返すと、蛸、うに、いくらの餃子。餃子から蛸の足がにゅるんと飛び出ている図はなんともエロティック。うにといくらの餃子はなんともかわいらしい。お鮨を食べながら餃子を食べているような贅沢《ぜいたく》な味である。

ちいさなイカの餃子、パクチーのどっさりのった餃子、生ハム餃子（イタリアとスペイン、両方の生ハムがある）、ししゃも餃子、ホッキ貝餃子、とにかく、見たことのない食べたことのない餃子ばかりが次々と登場し、私たちは驚きと感嘆の声を上げっぱなし。すべての餃子には栄養ドリンク「ゼナ」が入っているとのこと。

いったいどうして生ハムやししゃもを餃子にしようと思ったのだろう？ なぜゼナを入れようと思ったのだろう？ そしてなぜみんなそれぞれにおいしいのだろう？ なぜ疑問が次々に浮かぶが、餃子とともにのみこんでしまう。おいしいんだからいいや！

私はイカの餃子あたりでじつはもう満腹だったのだが、興奮で次々と食べ続け、幾度か限界を乗り越えつつ、大食い三人のおかげもあって、デザートのあんこ入り餃子までなんとか行き着いた。

ここまで餃子を食べ尽くすと、「とうぶん餃子はいいや」と思う。思うのだが、じつは翌日、私と夫は友人たちと飲み、その後深夜に営業している中華料理屋に入って餃子を食べたのである。餃子に取り憑《つ》かれたのかもしれない。

パラダイス山元さんのご著書（『読む餃子』）には「餃子は、肉、野菜だけを包んでいるものではありません」と書かれている。包まれているものは、蛸？ うに？ ししゃも？ いえいえ、「まごころと愛が包まれているのです」と続く。そうか、昨日

私たちは、まごころと愛と、そして幸福を食べたのだなあ。

旨く、楽しく、新しく ㊎河

音楽をつくる楽しみや醍醐味《だいごみ》は、なにも作曲や演奏ばかりにあるわけではない。たとえば、マイク選びがうまくいって狙《ねら》い通りの音を録《と》ることができた、という「エンジニア的視点」や、何かが足りない……と悩んでいたところ、意外な楽器が決め手になり楽曲が完成した、というような「アレンジャー的視点」。こういった様々な視点を持つことにより、ミュージシャンは音楽をつくる過程のすべてに楽しみを見いだすことができる。

同様に「プロデューサー的視点」というのもある。

以前、松たか子さんに楽曲提供をしたことがあった。メロディができてすぐ「キー合わせ」をするというのでスタジオに行ったのだが、歌唱の素晴らしさもさることながら、僕が書いたメロディと松さんの歌声が想像以上にぴったりで、そのことにとても驚いた記憶がある。プロデュースは佐橋佳幸さんで、このふたつの要素を合わせれば必ずうまくいく、そうピンと来たという。これが確かな「プロデューサー的視点」というものなのだろう。

パラダイス山元さんがオーナーの会員制餃子専門店『蔓餃苑』は不思議な店だ。餃子を食べているのに、心のどこかで「音楽をつくる楽しさ」に触れているような気持ちになる。どんな楽器を使ってもいい、どういうアレンジにするかという制約もない、ただ楽器やマイクの選定からミックスダウンまで、すべての制作過程にこだわりをもって、他のどこにもない楽しい音楽を作りたい、そんなプロとしてのミュージシャンシップに接しているような気がするのである。

いま「他のどこにもない」と言ったがこれは本当で、ただ「創作餃子」とだけ言ってしまうと『蔓餃苑』の魅力は伝わらない。それればかりか誤解を招くことになるかもしれない。たとえば巷《ちまた》にたくさんある創作料理というものを思い浮かべたとき、どんなものを挙げられるだろうか。僕はこれまでに何度となく創作料理を食べてきたが（そしてそれは確かにおいしいものだったのだが）それが何だったのか、ちゃんと思い出せるものはとても少ない。創作料理というのはたぶん、完成形としてのインパクトを残すことが難しいものなのだと思う。

しかし『蔓餃苑』の餃子は、思い出せる。まずサザエ餃子。貝殻に入った状態で（それも堆《うずたか》く積み上げられて）登場した。アルバムで言えば、リスナーの度肝を抜くオープニングナンバーだ。タコ餃子は、餃子の皮からタコの足が豪快にはみだしていて、荏胡麻《えごま》の葉で巻いて食べる。エビ餃子も凄《すご》かった。尻尾を上にして（立った状態で）出てくるのだが、それがお雛様《ひなさま》のように衣を羽織って、ちん、と座っているようなさまで可愛《かわい》らしく皿に並んでいるのである。どれもがまったく新しく、驚くほどおいしい。

　これら素材の生かし方や調理法の独自さ、そして完成イメージの確かさ。つまり山元さんはエンジニアであり、アレンジャーであり、プロデューサーなのだと思う（もちろん、それ以前にアーティストであるわけだが）。ししゃもに餃子の皮を巻いて焼いたものをして、氏曰《いわ》く「餃子の皮を巻けばそれは餃子」。これが既成概念を覆《くつがえ》す「アーティスト的視点」でなくて一体何であろう。

『蔓餃苑』は唯一無二《ゆいいつむに》の、音楽的な餃子専門店だ。

第34夜　青山のしあわせ中華

未知の領域　（角）

新宿御苑《ぎょえん》前にあるこぢんまりとしたレストラン、『CHEF'S（シェフス）』にいたシェフがあたらしく中華レストランをオープンしたという話は聞いていた。CHEF'Sと同様、ものすごくおいしい、という。そのレストラン『Mimosa（ミモザ）』で今日は編集者さん二名を交え、四人で飲むことになった。うれしい！

四人揃《そろ》ったところで、シャンパンとビールで乾杯。メニュウ選びにさんざん迷う。焼売《しゅうまい》、卵とトマトの薫香《くんこう》炒め、湯葉の五香粉味、明蝦海老《えび》の香り蒸し、タイラ貝とズッキーニの炒め、等々を思い思いに注文する。

最初に運ばれてきたのは焼売。すごくシンプルな焼売だけれど、肉の味がぎゅっと詰まっていておいしい。続いて登場の湯葉はすごく変わった食感と味。丸めて揚げてたれに絡《から》めてある湯葉は弾力があって、五香粉の香りがふわーっと漂う。シャンパンを飲み終えて、赤ワインを注文する。

そしてお皿にどうどうと一匹の海老が横たわって登場し、思わず歓声を上げてしまう。海老の下には少量のごはん。なんとうつくしい一皿。海老から出る汁をこのごはんに絡ませて食べる。しあわせ！　しあわせ！　しあわせ！　と、頭のなかでしあわせの鐘が鳴り響くような味。

びっくりしたのは、卵とトマトの炒め物である。薫香炒めと書いてあったけれど、ごくふつうの卵とトマトの炒めを想像していたのだ。しかし目の前に供されたのは見たこともない一品。茶色い。どれがトマトでどれが卵かわからない。食べてみてさらにびっくり。卵だし、トマトだけれど、燻《いぶ》されたような香りがぷーんと広がる。これまた、食べたことのない味である。不思議がっているとお店の方が作り方を教えてくれた。フライパンを熱してから焦《こ》がすようにトマトを焼いて「薫香」をつけるらしい。

〆《しめ》に何を食べるか、メニュウをのぞきこんでみんな真剣に考える。「葱油伴麵」ってなんだろう、「しっとり炒飯《チャーハン》」ってどういうことだろうと話していると、またしてもお店の方が懇切ていねいに説明をしてくれる。悩みに悩んで選んだのは「あさりと雪菜の麵」。

あ、この感じ、似てる、と思い出したのは、ニューヨークで知り合いに連れていってもらったレストランだ。予約のなかなかできない人気店らしく、店は満席、大忙しのはずなのだが、スタッフは料理のひとつひとつをすべてていねいに説明してくれたばかりか、「どれもおいしそうで、何を食べていいかわからない」と真顔で悩む友人に、「この食材はめったにないからおすすめだし、でも昼に肉を食べたならこの魚がおすすめ。もしぼくだったらと考えると、まずこれを選ぶかもしれない」と、やっぱり真顔で、えんえんと、ひどく個人的にメニュウ選びにつきあってくれた。その様子に私は驚いたのだが、その旅のさなか、そういうレストランはけっこうあった。ここのお店の人が、個人として客にきちんと向き合ってくれる感じが、そういう店々に似ていたのである。

すべて食べ終えて不思議だったのは、どの料理も、「もしかして塩を使っていないのでは？」と思うくらい調味料っぽくないのに、でも、薄味というのではなくて、きちんと味が立っていることだ。素材の味と、調味料っぽくない調味料の味。食べたことのないおいしさ。

しあわせ！　しあわせ！　と体じゅうに鳴り響くしあわせの鐘を聞きながら、「もう一杯、乃至《ないし》二杯だけ」とみんなで言い合って、満ち足りた気分で次の店を目指したのだった。

それだけじゃなかった　㊂河

英語では一人称が〝I〟しかないのに対し、日本語では「私」「僕」「俺」「わし」「手前」などなど、実に様々だ。二人称も同様だが、それだけでなく物の数え方に至っては「一杯、二杯」「一皿、二皿」のように、対象物によって助数詞を使い分けるなど、われわれはなんと複雑なことを日常的にやっているのだろう。「おいしい」ということを一言で表現する場合にも、日本語には色々なバリエーションがある。

「うまい」と言う他に、意外においしい、というニュアンスで「いける」と言ったりする。文の中で「美味である」という表現はよく見るし、特別によい評価づけをしたいときに言う「絶品」という言葉はレビューの常套語《じょうとうご》だ。あとは（使っている人を僕はあまり見ないが）「いい味だ」と控えめに言ってみたりする人もいるだろう。若者言葉としての「やばい」も忘れてはならない。これは「最高においしい」という意味でも使われている。

「やばい」なんて言葉は私は使わない、という人も多いかもしれないがそれはさておき、少なくとも日本語の「おいしい」にはざっと挙げただけでもこれくらいの言い方がある。ところがどうだ。驚きとともに「本当においしい」と感じるようなとき、言葉選びなどはどうでもよく、ただ「うまっ」などといった（動物的ともいえる）声音が反射的に出る、そういうことがしばしばないだろうか。

南青山にある中華料理店『Mimosa』に行く機会があった。料理はどれも本当にすばらしいものばかりで、それらを口に運んだ瞬間、僕はたぶん「うもっ」とか「んまっ」というようなことしか言っていなかったと思う。もちろん「うまい」と言っているのだが、言葉にするというより、思わず気持ちが漏れたという方が近い。

『Mimosa』の料理が「どのようにおいしかったか」について伝えるのは難しい。特に「タイラ貝とズッキーニの炒め」。メニューには「白ミル貝と黄ニラの炒め」とあり、それを注文したのだが、あいにくこの日は白ミル貝も黄ニラも切れていて、代わりに出してもらったのがこれだ。ただ炒めただけでこんなにおいしいわけがない、しかし、なにか強く調味料が効いている味でもない。この上なくシンプルなのに、食べる人の心を動かすようなおいしさがある。その心の動きとは……驚き、だろうか？

いや、それもあるが、それだけではない。

「焼売」「明蝦海老の香り蒸し」「卵とトマトの薫香炒め」。どれもがそうだった。難しい言葉を使うことなく、誰にでもわかる平易な言葉で、何かとてもいいことを言ってもらったような、そんな味がするのだ。「おいしい」という言葉はもちろん、先に列挙した表現はすべて当てはまると思う。でも、どの表現を使っても、それだけでは説明不足というのか、一様に大事な何かが抜け落ちているとも思う。

このあたりのことが本当に難しく、一体何が自分の心を動かしたのだろう？　とずっと考えていた。それで少しわかってきたことがあって（妙なことかもしれないのだが）たぶん、僕はうれしかったのだ。評判の人気店に来ることができたからではなく、こんな風に、こんな味で、料理を出してくれる人がいるということが。

ビールは「アウグスビール」ただ一種類があるのみで、この店で初めて飲んだ。ふだん飲んでいるものよりもお腹《なか》にたまる感じが少なく、炭酸も控えめな、やさしい味がするビールだった。

第35夜　愛を歌おう三鷹の夜

それぞれにたいせつな歌 (角)

夫はASKAというミュージシャンが好きらしい。同じくASKA好きの友人が、三鷹に『島國酒場 酒ANDあすか』という店があると教えてくれて、いってみよう、ということになった。

沖縄料理の店である。友人たちと集まり、ビールとレモンサワーで乾杯。筋子や、炙《あぶ》りシャブ、豚バラチャンプルー、鰆《さわら》のフリット、それぞれ好きなものを注文する。炙りシャブは鰤《ぶり》の切り身を目の前でさっと炙り、みじん切りの大根をどっさりのせた料理。それぞれにおいしい。

話はやっぱり好きなミュージシャンのことになる。小学生のときから好きだったとか、中学生のときに好きになったとか。どの歌のこの部分の詞がいいとか、あの詞もいいとか。みんなに共通しているのは、ASKAを好きだと周囲になかなか公言できなかった、ということ。私はもちろんチャゲ&飛鳥は中学生のころから知っていたけれど、きちんと聴いたことがないまま成長し、歌がすごく売れたときも聴かないままだった。そのすごく売れた歌がテーマ曲だったというテレビドラマも見ていない。だから話には入れないのだけれど、何かがすごく好きで、でも好きだとまわりには言えなくて、案外身近に同じような人がいてうれしい、という感覚はすごくよくわかる。

音楽でも、小説でも、同じものが好きな人というのは、意外にも大きな共通点を持っている人なのだ。たとえば私は忌野清志郎《いまわのきよしろう》が好きで、でも学生のころなんて清志郎はイロモノのように言われていて、クラスメイトに清志郎を聴いている人なんてひとりもいなかったけれど、成長するにつれて、親しくなる人はなぜか清志郎好きばかりになる。年齢が離れていても、仕事がまったく異なっていても、それぞれ、思春期や青年期のいつか、その歌を聴いて心をまるごと持っていかれて、それからずっと聴き続けている人たちだ。そして多くの人が、ただ心を持っていかれたというよりも、すがるように、救いを求めるように、その歌を聴き続けた時期がある。そういう経験がある。

つまり、同じミュージシャンが好き、というのは、すごくささいなことのようだけれど、じつは心のいちばんやわらかい、だいじな部分が共通しているということなんだと思う。そういう人に、学生のときは会えない。だれかの決めたクラスに属しているときは会えない。大人になって、どういう場所で生きていくか、自分で選んでからでないと、会えない。

もちろんこんな話は、このにぎやかな酒の席ではしない。みんな飲みものをじゃんじゃんおかわりして、笑い合って、興が乗って歌い出し、酔っているのにきちんとハモったりしている。話さなくても、でもわかっている。自分たちのやわらかい共通点のことを、みんなわかっているんだと思う。はじめてきたこのお店は居心地がよくて、雰囲気がおおらかで、ＡＳＫＡ好きという共通点のない私までも、そんなことはどうでもいいくらいたのしくなってくる。

みんなこれからカラオケにいって歌うと言う。私は帰るつもりだったけれど、あまりに愉快な気分で帰りがたくなり、みんなについていった。音楽ってすごい。熱く語り合うだけでなく、「歌う」ということで、その歌そのものや、歌にまつわる個人的な体験をも、共有できるのだ。すばらしき酒ＡＮＤあすかの夜。

僕 and ASKA ㊌

ロックバンドを始めた高校生の頃、ライブ活動を通じて他校にも知り合いができるということが多々あった。でも僕は会話がものすごく下手だったので、たいてい、広がっていくのは話題ではなく、気まずい沈黙ばかり。そんなとき、困った相手が打つ一手はだいたい決まっていた。「ビートルズとストーンズだったらどっちが好き？」と尋ねるのだ。音楽が好きな人同士であれば、確かにこの話題は「全世界に通用する沈黙への切り札」だと言っていい。

僕はビートルズのほうが好きだった。なのでいつもそのように答えていたのだが、この頃の僕の周りには「あえてストーンズ派」という人がわりと多かったように思う。つまり、どちらも同じくらい好きなのに（あるいは本当はビートルズが好きなのに）、この話題になったらストーンズと答えることにしている、という人たちのことだ。実際、ビートルズのほうが好きだと言うと「ああ、そっちなんだ」というような、なんだか妙に軽んじられているというか、一段低く見られているような気がすることもままあった。

ストーンズが好きだというより、ストーンズ派である自分がかっこいい、みたいな感じだろうか。そんな空気にあてられていたからかもしれない、僕も次第に「これを好きだと言ったら馬鹿《ばか》にされるんじゃないか」と思うようになり、好きだと公言できる表の音楽と、こっそりと聴く裏の音楽、というものができていった。そんな裏音楽の代表はCHAGE&ASKAだった。

新曲が出れば、発売日にレコード店に行った。短冊形《たんざく》の8センチシングル（懐《なつ》かしい！）だけでなく、専用のプラケースとCDマットを併せて買う。スピーカーで聴いたあとヘッドフォンで聴き、歌をよく聴いたあと、今度はギターだけを、その次はベースを、そしてドラムをというふうに何度も聴いた。でも好きだとは誰にも言えなかった。高校生のときはもちろん、プロになった二十代を通じてずっとだ。

実は好きでしたと憚《はばか》らず言うようになったのはここ数年のことで、きっかけは寺岡《てらおか》呼人《よひと》さんが主催するライブイベントに出演したことだった。「何か一緒にセッションしたいんだけど、やってみたいことってある？　丈くんが決めていいよ。このイベント何でもありだから」呼人さんのその言葉にしばし考え込んで、おそるおそる出した僕の答えがチャゲアスだった。

そこで大好きな曲をたくさん歌った。もう胸にしまっておく必要はなくなったのだ。

それによってチャゲアス友達もでき、「ASKAの会」という飲み会を発足するまでに至った。メンバーは僕の他にALというバンドで活動している壮平、ひろし、ひろきの三人、そして特にチャゲアスファンではないのだが妻。

先日この飲み会があり、壮平が教えてくれた三鷹の店『島國酒場 酒ANDあすか』に集まった。ビールをおかわりしながらASKAの歌詞について話したり、ボーカル表現の素晴らしさを確認しあったり、そんなことが本当に楽しい。

そして二十年もの間、自分の中の「裏音楽」という小さな領域にしまいこんでいた分、ASKAの歌と自分の心との間に、いつの間にかとても強い特別なつながりが生まれていたことを感じる。思うように音楽が作れなくて苦しかったとき、やりたいことへの理解が得られず孤立して悲しい思いをしたとき、音楽活動をする意欲さえなくしかけたとき。何度助けてもらったかわからない。

ひとしきり飲んだあとはカラオケに行く、というのがこの会お決まりの流れで、これでもかというくらいチャゲアスを歌い、夜は更《ふ》けていく。

『島國酒場 酒ANDあすか』は現在閉店しています。

第36夜　インド↓阿佐ヶ谷の旅

架空の旅先　(角)

阿佐ヶ谷は餃子《ぎょうざ》の町だ。有名な餃子店が数軒ある。もう何年も前、その有名店のひとつで餃子を食べようと夫と阿佐ヶ谷にやってきて、予約をしておらず入れなかったことがある。でも、もう餃子のことしか考えられない。それで、通りかかった中華料理店に入って餃子を食べた。

その店が『鍋家《こうや》』。中杉通り沿いのお洒落《しゃれ》な外観の店である。

ものすごく寒い日、友人数人と集まって、円卓に座り、ビールや紹興酒やレモンサワーで乾杯をする。友人たちと話が弾んでだれも料理を注文しようとしない。ひとしきり話したあとで、思い出したようにメニュウを開く。

ザーサイ、麻婆《マーボー》豆腐、豆苗《とうみょう》炒め、それから忘れてはならない餃子を注文する。料理が出てくるのがびっくりするくらい早い。夫と私は正月明けにインドを数日旅し、友人たちもそれぞれインド旅経験があるので、しばしインド話に花が咲く。話題はインドから仏教へ、キリスト教へ、科学へ、幸福論へ、人間の意識無意識へと、どんどんディープになっていくのになぜか笑いが絶えない。

話し続けるみんなが一瞬黙ったのは餃子を食べたとき。フライパンごとテーブルに出てくる餃子が、たいへんおいしいのである。皮が分厚くてもちもちしているのが特徴的。あんまり食べたことのない感じのおいしさだから、みんな思わず話をやめて食べかけの餃子を見つめ、「うまい」とつぶやく。

さらに上海《シャンハイ》焼きそばや蟹爪《かにつめ》フライも追加して、飲み続け食べ続け、話し続ける。はっと気づくとずいぶん時間が経《た》っていて、お店の人に「ここは何時までですか？」と訊《き》くと、「ぜんぜんだいじょうぶ！　四時半までやってるから」との答え。そんな時間までやっているとは知らなかった。

酔いも手伝って、話しているうちにだんだんどこにいるのかわからなくなってくる。遠い異国の旅先で、なんとなく知り合った旅行者同士、ごはんを食べている気持ちがする。そもそも宗教の話や無意識と意識の話なんて、ふだんはあんまりしない。旅先でこそふさわしい話ではないか。ずっと昔、安宿のベッドで残金を数えながら旅をしていたころを思い出す。ほかの旅行者と言葉を交わし、気が合えばいっしょに食事をしたり酒を飲んだりした。そういうとき、たまにディープな話になることがあった。天皇制についてとか。地球の自転についてとか。物乞《ものご》いについてとか。救いについてとか。日本人旅行者ばかりのこともあったけれど、ほかの国の旅行者が混じっていることもちろんあって、でも、今思うと、そんなちょっと難解な話題についての英語を私はどうやって理解したり話したりしていたんだろう――なんてことを考えたのは、旅から帰ったばかりだというせいもあるし、異国のような店の雰囲気によるところもあるだろう。

四時半まで営業ということだけれど、電車がある時間に帰ろうと言い合って店を出た。くるときはあんなに寒かったのに、帰りはちっとも寒さを感じない。飲み足りない、というよりも話し足りなくて、結局電車に乗ってみんなで次の一軒を目指したのだった。

まだ旅の中 ㊒

日本は仏教と深い関わりがある国ではあるが、みんながみんなブッダの教えを大事にして暮らしているかというと、決してそんなことはないと思う。法事でお経を聞くというような経験が何度あっても、故人のことを思いこそすれ、そこでブッダについて考えるという人はそうそういないだろう。日本は葬式仏教の国なのだ。

僕も長らく、日本における仏教については「そういうもの」だと思っていて、とくに疑問を持つことなく生きてきた。でも三年前、スリランカでオレンジ色の袈裟《けさ》をまとった僧侶《そうりょ》たちをたくさん見て、そして彼らが人々からとても敬われている（誰もがバスの座席を譲るし、飲食店は僧侶の寝場所として店内を提供する）ことを知って初めて、日本の仏教は形が変わったものなのだとはっきり実感した。同時に仏教本来のあり方というものに興味を持ったのだった。以来、毎年東南アジア、南アジアの仏教国を夫婦で旅している。

今年（二〇一七年）は仏教発祥の国、インドに行った。ブッダガヤからセーナー村へと至る村道は美しく、ときに荒涼としていて「ブッダが生きた時代の風景」がそのまま残っている。村の人々はにこやかで優しく、子どもたちは無邪気に「コックンカー!」と言いながら(なぜかタイ語……)追いかけてくる。なんてきれいな場所なんだろう、と妻と言い合った。

驚いたのは、その後に長距離バスで行った街バラナシだ。オートリクシャー(三輪バイクタクシー)の交通量が凄《すさ》まじい上、誰も道を譲るということをしないので、公道は常に混乱を極めている(ように見える)。方々でけたたましく鳴るクラクションや、土埃《つちぼこり》と排気ガスが作り出す、もやのようなもの。その中でたくさんの人々が行き交い、犬は寝そべり、牛とヤギがすれ違い、直視するのがためらわれるほど身体の不自由な人が、まっすぐにこちらを見つめながらジャラジャラと小銭の入った缶を鳴らし、喜捨を求めている。圧倒されそうになるが、ぼんやりしてはいられない。「ウェアユゴー? サールナート?」「ヘイ! ガンガー?」立ち止まれば、リクシャーの運転手たちにたちまち包囲されてしまう。これまでに訪れた東南アジア、南アジアの国(ミャンマー、カンボジア、スリランカなど)はもっとのんびりした雰囲気だったが、ここはまるで違う。すごいところに来てしまった、と思った。

粉塵《ふんじん》で喉《のど》はちりちりと痛むし、何かにつけ発生する金銭的な交渉は気が抜けない。また、喜捨を求める人々が、まるでマラソン大会の応援みたいに延々と並んでいる道を歩くことになったり、妻が水にあたって寝込んでしまったり。心身ともに本当に疲れる旅だった。そして帰国して思う。バラナシで見てきたあの混沌《こんとん》は、一体何だったのだろうと。

かつてインドを旅したという友人たちを誘い、阿佐ヶ谷にある中華料理店『鍋家』で飲んだ。妻や気心の知れた人たちと「豆苗炒め」や「麻婆豆腐」など馴染《なじ》みのある料理をつまみながらビールを飲んでいると、心からほっとする。普通っていいなあ、というようなこともぼんやりと思う。

しかしバラナシの人々にとっては、あの混沌が日常であり「普通」なのだ。その混沌も、旅行者からすればそう見えるのであって、バラナシにはバラナシの秩序というものがきっとあるのだろう。

目の前にあるのは普通のビール。でも、本当の意味での「普通」なんて、この世界のどこにもないのかもしれないな。

第37夜　29の会

会の名は。㊮

毎月二十九日に十人前後で集まって、肉を食べる。そのような会がずーっと続いている。どのくらい続いているかというと十年以上だ。すごい。なぜこんなにも長く続くのか、考えてみるに、理由はいくつかある。まず幹事が優秀。この凄腕の幹事さんは毎回異なる焼き肉店を見つけては予約し、全員に連絡してくれる。そのどの店もみごとにおいしい。それから、出欠がゆるい感じなのもだいじだ。私も何回かは欠席している。

この会は最初三、四人で発足したらしい。私は途中から参加するようになった。さらに途中から夫も参加するようになった。

二〇一七年最初の集いは、神保町の『焼肉処《どころ》 三幸園』。大通りからちょっと入ったところにある焼き肉店で、ここもまた、はじめての店。七時半の集合時間より早めに着いてしまって、夫と二人で乾杯する。畳の個室で、やけに落ち着く。メニュウを眺めている間に続々と人が集まる。その都度乾杯。

メニュウ選びも幹事さんに任せてしまう。韓国海苔《のり》やナムル、キムチがまず運ばれてきて、それから肉の登場である。

ほんの数年前までは、必ずカルビを注文していた。霜降り系の肉があればそれも頼んでいた。しかしこの数年で、みんなカルビやサシの入った肉をめっきり食べなくなった。注文するのは赤身の肉ばかり。みんな同じだけ年齢を重ねているのである。この日も赤身中心。この店の売りであるらしい「焼きしゃぶ」はお店の人が焼いてくれる。薄いサーロインをさーっとあぶって、葱《ねぎ》を巻いて大根おろしの入ったポン酢だれで食べる。さっぱりしてすごくおいしい。

前半は塩、後半はタレの肉を注文し、タレのタイミングで夫は毎回ごはんを頼む。つられてごはんを頼む人数人、ビビンバを頼む人、サラダを頼む人、ばらばらである。このばらばら感もまた、この会が長く続いているささやかな秘訣《ひけつ》ではないか。

メニュウにカレーがあることは私も気づいていた。みんな気づいていたらしい。さんざん食べて満腹なのだが、やっぱりカレーを頼もうということになり、ひとつ頼んでみんなで分ける。このカレーが予想外に辛くておいしい。

肉を食べた後は二次会へと向かうのが恒例なのだが、この日、私はなんだか風邪をひいたような気がしていて、ひとりで先に帰ることにした。さみしいけれど、来月またみんなで飲めるのだ。

十年も続いていると、なかなかに感慨深い。自分がはじめて参加した店も、夫がはじめて参加した店も、ものすごく鮮やかに覚えている。ほかにも、あの店にいくのにすごく迷ったとか、電車が止まっていて三駅歩いてあの店にいったとか、あの店でだれそれが結婚を発表したとか、町と焼き肉屋さんとメンバーそれぞれの状況がセットになって記憶されている。こういう記憶があるってとても幸福なことだ。

こうした集いが長く続くいちばんの秘訣は、会の名前を付けること、だと私は思っている。そしてこの会の名は「29（にく）の会」。

肉と一〇〇ヶ月 ㊒

毎月二十九日に焼肉を食べながら飲む「29の会」という集まりがある。開催は今年一月の時点で「第138回」を数えた。年に13回として逆算すると（十二月は例会と忘年会、二度開催の場合がある）、二〇〇六年に始まって、もう十年以上続いていることになる。そんなにも長い間、月に一度の飲み会がきっちり続くなんて、それだけですごいことだ。

僕はこの会に途中から参加している。作家と編集者によって発足した会なので、もともと妻が参加していたところへ僕もついていくようになった。

初めて行ったのはおそらく八年前のことではなかろうか……記憶を辿《たど》っているうち、正確な事実を確認したくなって幹事さんに問い合わせてみたところ、それは二〇〇八年十二月開催の「第34回」のことであると判明した（こういう記録が全部残っていることもまたすごい）。まだ妻と結婚していない頃だ。

この連載で何度か書いてきたように、僕の食生活は野菜と魚が中心で、自ら進んで「焼肉屋に行こう」と言い出すことは滅多にない。飲み屋のメニューを見て最初に

「あ、これ食べたいな」と思うのは未《いま》だに、もやしである。中華料理屋なら青菜。

そんなローカロリー野郎が一〇〇ヶ月近く、毎月焼肉を食べるということをしてきたわけで、これは「29の会」に感謝すべきことのような気がする。身長一八五センチに対して、現時点で僕の体重は五十六キロくらい。もうすでにやせすぎなのだから、これ以上やせてしまってはさすがにまずいだろう。そこをぐっと堪《こら》えさせてくれている(はずだ)という意味で、この会は僕にとって貴重なのである。

もちろんそれだけではなく、牛肉とはこんなに美味《うま》いものかと感じ入ってしまうような経験を何度もしたし、それにこの会のメンバーはみな、大いに飲む。そしてみな本音を語る。それが気持ちいい。二軒目に流れるのは毎度のことで、そこでも楽しくてついつい長居をしてしまう。

今回行った神保町の『焼肉処 三幸園』も、とても美味《おい》しい店だった。印象に残っているのは「壺《つぼ》漬けハラミ」。熟成肉を売りにしている店だけあって、肉の味が濃く、しっかりしている。脂《あぶら》も全然しつこさがない。「塩よりタレ派」の僕は、こういう肉を必ずご飯と食べたいのだが、しかし、そういう時は一応「お伺い」を立てることになっている。

みんなから「父ちゃん」の愛称で親しまれているおじさん(井上荒野さんの夫)に

は、ご飯を注文するタイミングに一家言あって、そのゴーサインを待つのが恒例のことなのだ。僕が「そろそろ行きますか？」と訊いても、だいたい「いや、丈くん、まだだな」と制される。この謎《なぞ》のおあずけは何なのかと思うこともあるが、そこも含めてなんだか妙に楽しいのが「29の会」。

僕が加わった八年ちょっと前といえば、僕はまだバンドをやめる決心もしていなかったし、その後脱退して劇伴の世界に飛び込んで、今に至るまでの間には実に色々なことがあった。目に見える世界は劇的に変化した。でもその間ずっと、同じメンバーと毎月楽しく飲む時間が僕にはあったのだ。そう思ってみると妙に感慨深い。

体重のことだけでなく、自分の意識していないところで、実は精神的にも、僕はこの会にちょっと助けられていたのかもしれない、と思う。親戚《しんせき》の集まりのようでいて、でもベタベタに馴れ合うわけでもない。そういう距離感が保たれている場所だからこそできる深呼吸というものが、この世界にはあるような気がする。

第38夜　西荻窪でみんなと乾杯

いつも真ん中にはおいしい酒 角

編集者さんから、待ち合わせた店に取材が入るらしいので、待ち合わせ時間の七時より少し遅れてきてほしい、そのころには取材は終わっているそうだから、との連絡を受けて、夜の七時五分過ぎくらいにその店『trattoria29（トラットリア ヴェンティノーヴェ）』にいく。扉を開くと、あれれ、知っている顔がずらり。待ち合わせたのは編集者のSさんとYさんだけのはずなのに。

ようやく事態がのみこめた。この日はたまたま私の誕生日だったのだが、打ち合わせと見せかけて、Sさんたちが、私と夫が親しくしてもらっている編集者さんたちをサプライズで呼んでくれたのである。夫も到着し、スパークリングワインで乾杯。こんな誕生日は生まれてはじめてである。

『trattoria29』は大好きな店で、その名の通りメニュウには魚もあるが肉が多い。この日のスタートはキアンティの豚のツナのサラダ、その名の通りツナみたいに見えて豚肉なのだけれど、食べてもツナみたい、でもしっとりした豚で、飽きないおいしさ。みなそれぞれビールや白ワインや赤ワインへと移行しつつ、春野菜のくたくた煮込み

（上にかかったからすみがすばらしい）を食べ、ミートボールフリット（ミニサイズがじつにうれしい）を味わう。

私はふだん、編集者の方々にいくら親しくしてもらっても誤解するなと自分に言い聞かせているところがある。彼らは仕事の相手だから親しくしてくれるのであって、そこを勘違いしてプライベートな関係を求めてはいけない、と自戒している。けれど今日集まってくれた面々は、デビュー当時からのつきあいの人も多い。二十代だったその当時はおたがい公私ともども変化が激しく、その変化の荒波を双方見せ合いながらのつきあいになった。それが二十年以上続くとなると、仕事相手というよりもやっぱり友人、あるいは親戚的な親しみをどうしても私は感じてしまう。

そして長きにわたるつきあいの中心には、いつも酒があった。反対にいうと、酒がなければ、こんなに親しくはならなかったろう。酒の場だからふだんなら秘す自分の話も暴露したり悩みを打ち明けたり失敗談を披露したりして、それで前よりもっと親しくなって、それがずっと続いていくと、関係の地層みたいなものができてくる。

私と夫のいちばんの共通点は、「酒を」飲むことではなくて、「人と」飲むことが好き、ということで、だからこそ私たち二人も親しくなったのだと思う。今日テーブルを囲む編集者の面々とも、夫は酒を介して親しくなって、私抜きで密なつきあいをしている人もいるほどだ。かくして関係の地層が入り交じる。人を結びつける酒は、安酒であれ高級酒であれ、忘れがたくおいしい。

メインはアンガス牛ランプと松阪ポークの炭火グリル。じつは私は豚肉を一切れ食べたあたりではつはつの満腹になってしまったのだけれど、今日は人数が多いからみんなで分け合えてうれしい。ワインももう何本空けたかわからないほど。さらにみんなはオレキエッテを注文している。手打ちの、春らしい菜の花と桜えびのオレキエッテ。胃がもうひとつほしい！

仕事＋酒を介して親しくなった人たちと、酒仲間でもある夫と、五十歳（！）の誕生日に、こんなふうにおいしいものを食べて思うさま飲めるなんて、こんなしあわせなことはない。当然ながら、もっと飲もうと話はまとまり、満腹のおなかで夜の町にぞろぞろと出ていったのであった。今まで過ごした数え切れない酒の夜と、これからのすべての美酒に乾杯！

それでいいよ、大丈夫だよ ㊐

仕事場のスタジオで音楽を作っていると、視界の隅で何かが動いた、と感じることがある。目をやるとそれは小さな蜘蛛《くも》で、防音ドアで密閉されたこんな空間によくもまあ、と思う。空調か、あるいは換気用のダクトから入り込んでしまったのだろうか。仕事中のこちらとしては、速やかにもと来たところを通ってお帰り願いたいが、なかなかそううまくはいかない。仕方なく玄関の外まで持って行って、その辺の植え込みに放ってやる。そういうことが、年に何度かある。

そんなふうに幾度も蜘蛛の強制送還を行っていると、「何だまたか」ということの他に、色々なことを思うようになる。一見して意味のないことでも、それが何度も続くと人間、ついつい何か意味を見つけようとしてしまうものだ。

気がついたら今の場所にたどり着いていた、という感覚は多くの人が持っているものではないかと思う。小さな選択を毎日繰り返しながら生きてきて、ときに大きな決断をしなければならず、それらのジャッジが全部正しかったかと胸に問えば、決してそんなことはない。

ただ、身の上に起こったすべての事柄にはちゃんと因果関係があったのだという事実が、動かぬものとして残っている。

あの小さな蜘蛛と同じように、いつの間にか思わぬところをさまよっていた経験は僕にもある。忘れられないのは、色々なことがうまくいかず、今思えば精神的にもちょっと危なかったなという、ある時期の帰り道でのこと。ぼんやりと最寄駅の改札を出たところで、虫のようなものがふわっと胸元に舞い込んできた。何かと思えばそれは、てんとう虫ほどの大きさの「顔シール」で、まるで最初からそこにあったみたいに、着ていたジャケットの襟に張り付いたのだった。にっこりと笑っているその顔は、よくある携帯メールの絵文字にそっくりだ。何だかその顔に「大丈夫だよ！」と言ってもらっているような気がして、張り付いたシールはしばらくそのままにしておいた。

時間が洗い流してくれることは、実にたくさんある。腫《は》れてヒリヒリと痛む傷口も、いつかはかさぶたになる。ふと思い出してみた頃には、その顔シールはジャケットの襟から落ちてなくなっていた。

僕は自他ともに認める「飲兵衛《のんべえ》」で、とくに賑《にぎ》やかな飲み会なんかは大好きなのだが、ただワイワイ飲めればいいとは全く思っていない。実は大事にしていることがひとつあって、それは前述した「小さな選択の連続」、そのひとつの結果として、本当に美味しい酒、本当に楽しい飲み会というものが、厳然としてあるのだということだ。

自分は誰と飲んでいるときが楽しいのか？　たとえばそう考えてみることは、自分が何を分かち合えたら嬉《うれ》しいのか、ということであり、つまりは「自分が何を大事にして生きているのか」ということである。そういったことを感覚的に共有できる人と飲むことが、僕にとっての喜びだ。

その感覚が自分にいちばん近く、同じような理解をしているのが妻で、また妻を通じて知りあった新潮社の方々もみな、似たような感覚を持っていると僕は思っている。

連載も最終回ということで編集部の方も同席し、西荻窪の『trattoria29』で飲んだ。その日は偶然妻の誕生日だったので、他の部署からも妻の担当である編集の方がたくさんお祝いに駆けつけてくれた。本当に、心から楽しい夜だった。僕は相変わらず劇伴制作の渦中《かちゅう》にあり（二週間で七十五曲……）大変ではあったのだが、心の疲れはそれですっかり吹き飛んだ。

あの「顔シール」のように、本当の意味で楽しい飲み会というのは決して当たり前に訪れるものではないと思う。それは繰り返してきた自分の小さな選択について、あるとき得られる「それでいいよ、大丈夫だよ!」というひとつの回答だ。

『trattoria29』は現在閉店し、二〇二二年十月より群馬県川場村で『VENTINOVE(ヴェンティノーヴェ)』として営業しています。

おわりに　㊑

雑誌「古典酒場」編集長の倉嶋さんから連載のお話をいただいたのが二〇一一年冬のこと。場所は確か、西荻窪の『戎《えびす》』だったと思う。

僕はそのころ音楽誌でエッセイを連載していて、月末が近づくたび「ああ今回はどうしよう、何を書こう」と頭を抱えては、なんとか乗り切っているような状態だった。なので本業以外の仕事をこれ以上受けていいものだろうかと、倉嶋さんの話を聞きながら内心とても不安だったことを憶《おぼ》えている。また「夫婦で同じ店について、それぞれの視点で」との依頼だったので、当然「作家・角田光代」のエッセイと素人《しろうと》の文が並置されることになるわけで、そのことに気後れもした。

しかし、はちきれんばかりの笑顔でビールや焼酎《しょうちゅう》をぐいぐい飲み干す倉嶋さんを見ているうち、不思議と「なんとかなるんじゃないか」という気持ちになってきたのだった。

その後「古典酒場」が休刊になり、それに伴って終了した連載は二〇一四年、「芸術新潮」で復活することになる。

この三年間、実にいろいろな店に足を運び、そこで味わったものについて書いてきた。酒や肴《さかな》についてだけでなく、その「場所」から思い出される何かや、誰かについて書くことも多かった。中にはとても個人的な事柄に関心が向かい、店についてほとんど触れていない回もある。実際に店で飲んでいるときにはうまく捕まえることができなかった(言語化できなかった)感覚、そういう「まだ名前のついていないイメージ」をひとつひとつ言葉に置き換えていったら、自然とそうなってしまったのだ。書き方としては、歌詞の紡《つむ》ぎ方に少し似ているところがあったかもしれない。というより、歌詞を書くための筋肉を使って文章を書く、ということしか僕にはできなかったということか。

結果的に、夫婦で同じ店のことを書いているのに、毎回「ここまで違ったものになるのか」という驚きが絶えず、それは本当に面白いことだった。夫婦の違いのみならず、そもそも男女としての感覚が違う、という部分も出ていると思う。マイグラスにビールが何ミリリットル入るか、などということについて、おそらく妻は一度も考えたことがないと思うが、たとえばそういうことを、男は時々とても確認したくなるものなのだ。

最後に、この連載のお話をくださった「古典酒場」編集長の倉嶋さん、「芸術新潮」

では折に触れ、的確なアドバイスをくださった編集長の吉田さん、なかなか筆が進まず悩んでいるとき、いつも必ず励ましてくださった担当編集の桜井さん、本書(単行本版)のカバーの他にも、似顔絵やイラストを描いて下さった得地直美さんと装幀《そうてい》部の方、そして僕の表現の伝わりづらい部分について、正確な指摘をしてくださった校閲部のみなさまに感謝します。

乗り越えて釜山《プサン》タコ鍋《なべ》旅（文庫特別編）

三年越しのオイシッソヨ！ ㊍角

二〇一九年の大晦日《おおみそか》、私たちは年越しそばを食べながらぼんやりとテレビの『孤独のグルメ』を見ていた。井之頭五郎《いのかしらごろう》さんが釜山に赴き、そこから福岡に戻って食事をする。このとき釜山で五郎さんが食べていた真っ赤なタコの鍋が、なんともおいしそうで、おいしいという意味の韓国語マシッソヨと日本語を合体させて「オイシッソヨ！」と叫ぶ五郎さんの語彙《ごい》センスにうっとりとし、新年を迎えた深夜、近所の神社に向かって歩きながら、「釜山いきたいねえ」「タコ鍋食べたいねえ」「オイシッソヨって言いたいねえ」「じゃあさ、いこうよ」「近いし、いこうか」と、私と夫は話し合った。

よし二月にいこうと決めて、航空券などについて調べはじめた矢先、新型コロナウイルスの名を聞くようになり、あれよという間にパンデミックとなった。釜山どころではない、仕事の出張もすべてキャンセルである。

なんということか、その後二年にわたって、飲食店は時短営業だのアルコールの提供不可だのの苦難を強いられ、飲み歩くのが大好きだった私たちも、やむなくテイクアウトなどを利用しながらもっぱら家飲みをするしかなかった。

二〇二二年の後半になって、日本を含む各国が入国制限などを緩和しはじめた。東京には観光客がぞくぞくと戻ってきて、私たちも、「もうそろそろ旅してもいいのでは」と思いはじめた。そして、二〇二〇年のはじめから宙づりになっている「タコ鍋欲」に立ち戻り、二〇二三年の年明け、よし、いこう釜山へ！　と相成ったのである。決意から実行まで、じつに三年かかったことになる。

韓国でも『孤独のグルメ』は大人気番組だから、件《くだん》のお店は、釜山回の放映後、大勢の人が訪れたのだろう。地図通りに駅から歩いていくと、店の前に大きな五郎さんのパネルが置いてある。店内にも、テレビ画像を印刷した写真が貼《は》られている。

私たちの目的である例のタコ鍋、すなわちナッチポックンという料理は、釜山とソウルではまったくのべつものらしい。釜山は汁のある鍋だが、ソウルでは非常に辛い炒めものだとか。

テーブル中央に鍋、キムチやもやしナムルなどおかずとごはんが運ばれてくる。ああ、三年待ったこの瞬間。私たちは冷えたビールで乾杯した。にんにくと炒めた手長タコ、玉ねぎ、ニラなどを、唐辛子味噌《みそ》で煮こんだ真っ赤な鍋がぐつぐつしたまま運ばれてくる。見かけほど辛くなく、深いコクがあってとてもおいしい。鍋も、おかずも、ごはんの器に入れてまぜて食べたらおいしいよ、と身振りでお店の人が教えてくれる。

このお店、けっこう混んでいるのだが、飲む店ではなく食べる店らしく、みんなビールを飲んでいても、食べ終えるとさっと出ていく。長《なが》っ尻《ちり》になりがちな私たちも、それを見習い、きれいに食べ尽くして店を出て、オイシッソヨ!!　と、やっとやっと言い合えたのである。いや、パンデミックがらみの、仕事キャンセル、飲み会キャンセル、イベントキャンセルを乗り越えた先のナッチポックン、私は一生忘れないだろうなあ。

チゴチゴや ㊟河

セーターの上に厚手のニット、その上にダウンコートを着ていてもまだ寒い。ときどき地図を見るために取り出すスマートフォンの、またなんと冷たいことか。たまらず、いま歩いている方角だけを確認してすぐ両手をコートのポケットに突っ込む。今いるのが西面《ソミョン》駅南東エリア。ここからさらに東に向かい、大通りを渡れば目的の店までもうすぐだ。人で溢《あふ》れかえった街路は活気に満ちていて、夜を埋め尽くす赤や黄色、紫、ピンクなど色とりどりのハングル文字が、そして豪快に鳴り響くＥＤＭが、まるで快哉《かいさい》の声を上げているかのようだ。「ああ、旅に来ているんだ」あらためてそう感じた。二〇二三年一月の釜山。三年ぶりの海外旅行だった。

パンデミック以降、今はまだそのときではない、と思いながらずっと旅行を我慢してきた。企画したライブイベントは中止したし、舞台の仕事は延期になった。不要不急の外出を控え、友人と飲みに行くこともなくなった。多くの人がそうして頑張ってきたはずだ。だが人間、限界というものがある。少しずつ日常を取り戻そうとする世の中の動きが大きくなっていく中で、我々夫婦の間でも、旅行、行きたいね、行けるのかな、という話をよくするようになった。そしてついに「あまり遠くないところで、小旅行なら……」と、一泊二日の釜山旅行を決めたのだった。

大淵《デヨン》でナッチポックンというタコの鍋を食べた後（非常においしかった）、どこかでもうちょっと飲もうということになった。滞在している西面付近の情報を検索すると、少し歩いたところにマッコリの店がある。最寄りは田浦《チョンポ》という駅だ。大淵からら西面のひとつ手前で下車すればよかったのだが、そのとき我々はすでに西面に着いていたので、繁華街を見物しながらぶらぶら歩いて行くことにした。

西面から離れるにつれ街ゆく人はまばらになり、大通りを渡ると、そこは静かな大人の飲み屋街だった。いや、実際のところ、飲み屋街というほど明かりは多くなかったか。立ち並ぶ小さな店舗のほとんどは閉店していて、街は眠っていた。ただその中にぽつぽつと、綺麗《きれい》で品の良さそうなワインバーがいくつも明かりを灯しているのだった。

マッコリの店『Casa Del Arroz』は、その一角にあった。テーブル席がいくつかあるだけの小さな店で、我々が入店して間もなく入ってきた五人連れの客で店は満席になった。スタッフはみな親切で、これはあまり甘くないとか、これは熟成度合いが深め、というようなことを英語で教えてくれる。勧めてくれたものの中から甘さ控えめのものを選び、妻と乾杯した。

街を見るのも楽しいが、こうして旅先の店に落ち着くことができたひとときというのも、またとても良いものだと思う。三十歳前後と見受けられる隣の五人連れは、恋愛相談でもしているのか、一人の男性が何か言うたび「あ〜、それはないわ〜」という反応を口々に返していて微笑《ほほえ》ましい。韓国語ができたらなあ。

そのときふと、入り口の扉に貼《は》り紙があったことを思い出した。手書きの図面に文章が添えられていて、文の中には「７５７５」という数字がある。文意はわからないが、発音だけは少しわかるので（日本の地下鉄やバスの韓国語表記を見ていて自然に覚えた）読める単語がないか探す。すると図面の中に「カサ」と読める単語があり、そこからコの字形に伸びた矢印が隣の四角を指し示している。「カサ」は「Casa」、この店のことだろう。もしかしてこれはトイレの案内図ではないか？

店内にそれらしき扉が見当たらなかったこともあり、この予想が正しいかどうか確かめてくる、と妻に伝えて店を出た。矢印が示す左隣の建物に入ると、段差を登った先に重そうな鉄扉、ドアレバーの傍には解錠装置と思《おぼ》しき金属製のボックスが設置されているのを見つけた。なるほど、このパスワードが７５７５なのだな。スライド式のカバーを開いて現れた数字のボタンを押す。７・５・７・５。

ところがどうしたことか、この装置はウンともスンとも言わないではないか。数秒たって短い電子音が鳴ったが、どうもそれは操作が取り消されたということらしい。この気を取り直してもう一度パスワードを入力。７・５・７・５。このあとさらに操作が必要なのか？　しかし「決定」にあたるボタンはどこにもなく、まごまごしているうちにまたそっけない取り消し音だけが鳴る。実はもう開いているのか？　いや違う。では番号入力直後にすかさずドアレバーを回す？　そんなこともない。そうか、まったく決定ボタンに見えない、この無印のボタンが実は……。

そのとき後ろからすっと腕が伸びてきた。「チゴチゴや」という男の声がして、その手は素早く７・５・７・５を入力した後、スライド式のカバーを下ろし、数字ボタンを隠してしまった。すると、うぃーん、かちゃっ、という音がして、ドアが少し開いた。

驚いて振り返ると、二十代後半くらいの男女が立っていた。柔和な顔つきをしていたが、僕が「カムサハムニダ」と言って頭を下げた途端、ふたりとも硬直してしまった。「外国人だったのか！」という顔である。

「カバーを下げないといけなかったんですね」などと会話ができるわけもないのでそそくさと用を足し、入れ違う時にもう一度彼らに会釈《えしゃく》をして店に戻った。妻は面白がるというより、何かたいそう感じ入った様子でこの話を静かに聞いていた。僕にとってもそれはそうで、帰国してからもこの小さな親切について、何度も何度も思い出している。もし自分ならあんなふうに躊躇《ちゅうちょ》なく、見知らぬ人に親切にすることができるだろうかと。

親切そのものというより、僕の心に残ったのは彼らの「躊躇《ため》いのなさ」かもしれない。もし自分が彼らの立場だったら、「余計なお世話かな」という考えが一度はよぎるし、声をかけるにしても「あの……」という感じで、慎重な接し方になると思う。いきなり手を伸ばして「７５７５ですよ」は、できないかもしれない。

でも表現の仕方が違ったとして、彼らが当たり前に信じているもの、迷いなく親切な行動をとる根拠となっているであろう「善き考え方」そのものを、自分も同じように持っているだろうか、そこまで考えると、正直に言って彼らほどではないと思う。かつては持っていたのだろうか？　それがいつの間にか鈍麻してしまったのだろうか？

それすらよくわからないが、ただ言えることは、旅には必ず気づきがあるということ、そして僕の人生には旅（と酒）がやはり必要だということ。それから、親切な彼らのおかげで、自分が少しだけいい方向に変われたかもしれないと思えたことだ。

この作品は平成二十九年十一月新潮社より刊行された。
「乗り越えて釜山タコ鍋旅」は文庫書き下ろしです。

角田光代著　キッドナップ・ツアー
産経児童出版文化賞・路傍の石文学賞受賞
私はおとうさんにユウカイ(=キッドナップ)された！　だらしなくて情けない父親とクールな女の子ハルの、ひと夏のユウカイ旅行。

角田光代著　さがしもの
「おばあちゃん、幽霊になってもこれが読みたかったの？」運命を変え、世界につながる小さな魔法「本」への愛にあふれた短編集。

角田光代著　しあわせのねだん
私たちはお金を使うとき、べつのものも確実に手に入れている。家計簿名人のカクタさんがサイフの中身を大公開してお金の謎に迫る。

角田光代
鏡リュウジ著　12星座の恋物語
夢のコラボがついに実現！　12の星座の真実に迫る上質のラブストーリー&ホロスコープガイド。星占いを愛する全ての人に贈ります。

角田光代著　くまちゃん
この人は私の人生を変えてくれる？　ふる／ふられるでつながった男女の輪に、恋の理想と現実を描く共感度満点の「ふられ小説」。

角田光代著　よなかの散歩
役に立つ話はないです。だって役に立つことなんて何の役にも立たないもの。共感保証付、小説家カクタさんの生活味わいエッセイ！

阿川佐和子・角田光代
沢村凜・柴田よしき
谷村志穂・乃南アサ 著
松尾由美・三浦しをん

最後の恋
―つまり、自分史上最高の恋。―

8人の女性作家が繰り広げる「最後の恋」をテーマにした競演。経験してきたすべての恋を肯定したくなるような珠玉のアンソロジー。

阿川佐和子著

アガワ家の危ない食卓

「一回たりとも不味いものは食いたくない」が口癖の父。何が入っているか定かではないカレー味のものを作る娘。爆笑の食エッセイ。

池波正太郎著

散歩のとき何か食べたくなって

映画の試写を観終えて銀座の〔資生堂〕に寄り、はじめて洋食を口にした四十年前を憶い出す。今、失われつつある店の味を克明に書留める。

忌野清志郎著

ロックで独立する方法

夢と現実には桁違いのギャップがある。そこでキミは〈独立〉を勝ちとれるか。不世出のバンドマン・忌野清志郎の熱いメッセージ。

伊藤比呂美著

道行きや
熊日文学賞受賞

夫を看取り、二十数年ぶりに帰国。〝老婆の浦島〟は、熊本で犬と自然を謳歌し、早稲田で若者と対話する――果てのない人生の旅路。

伊丹十三著

ヨーロッパ退屈日記

この人が「随筆」を「エッセイ」に変えた。本書を読まずしてエッセイを語るなかれ。一九六五年、衝撃のデビュー作、待望の復刊！

石井千湖著

文豪たちの友情

文学史にその名の轟く文豪たち。彼らの人間関係は友情に留まらぬ濃厚な魅力に満ちていた。文庫化に際し新章を加え改稿した完全版。

遠藤周作著

夫婦の一日

たびかさなる不幸で不安に陥った妻の心を癒すために、夫はどう行動したか。生身の人間だけが持ちうる愛の感情をあざやかに描く。

江國香織著

雨はコーラがのめない

雨と私は、よく一緒に音楽を聴いて、二人だけのみちたりた時間を過ごす。愛犬と音楽に彩られた人気作家の日常を綴るエッセイ集。

小澤征爾著

ボクの音楽武者修行

〝世界のオザワ〟の音楽的出発はスクーターでのヨーロッパ一人旅だった。国際コンクール入賞から名指揮者となるまでの青春の自伝。

太田和彦著

居酒屋百名山

北海道から沖縄まで、日本全国の居酒屋を訪ねて選りすぐったベスト100。居酒屋探求20余年の集大成となる百名店の百物語。

開高健
吉行淳之介著

対談 美酒について
―人はなぜ酒を語るか―

酒を論ずればバッカスも顔色なしという二人が酒の入り口から出口までを縦横に語りつくした長編対談。芳醇な香り溢れる極上の一巻。

川上弘美著

なんとなくな日々

夜更けに微かに鳴く冷蔵庫に心を寄せ、蜜柑の手触りに暖かな冬を思う。ながれゆく毎日をゆたかに描いた気分ほとびるエッセイ集。

久住昌之著

食い意地クン

カレーライスに野蛮人と化し、一杯のラーメンに完結したドラマを感じる。『孤独のグルメ』原作者が描く半径50メートルのグルメ。

小泉武夫著

魚は粗《あら》がいちばん旨い
―粗屋繁盛記―

魚の粗ほど旨いものはない！　イカのわた煮、カワハギの肝和え、マコガレイの縁側――絶品粗料理で酒を呑む、至福の時間の始まりだ。

小泉今日子著

黄色いマンション　黒い猫

思春期、家族のこと、デビューのきっかけ、秘密の恋、もう二度と会えない大切なひとたち……今だから書けることを詰め込みました。

さくらももこ著

そういうふうにできている

ちびまる子ちゃん妊娠!?　お腹の中には宇宙生命体＝コジコジが!?期待に違わぬスッタモンダの産前産後を完全実況、大笑い保証付！

志賀直哉著

小僧の神様・城の崎にて

円熟期の作品から厳選された短編集。交通事故の予後療養に赴いた折の実際の出来事を清澄な目で凝視した「城の崎にて」等18編。

千早茜・遠藤彩見
田中兆子・神田茜
深沢潮・柚木麻子
町田そのこ 著

あなたとなら食べてもいい
―食のある7つの風景―

秘密を抱えた二人の食卓。孤独な者同士が集う居酒屋。駄菓子が教える初恋の味。7人の作家達の競作に舌鼓を打つ絶品アンソロジー。

志村けん 著

変なおじさん【完全版】

子供の頃からコメディアンになろうと決心し、ずっとコントにこだわってきた！ そんなお笑いバカ人生をシャイに語るエッセイ集。

ジェーン・スー著

生きるとか死ぬとか父親とか

母を亡くし二十年。ただ一人の肉親である父と私は、家族をやり直せるのだろうか。入り混じる愛憎が胸を打つ、父と娘の本当の物語。

瀬戸内寂聴著

命あれば

寂聴さんが残したかった京都の自然や街並み。時代を越え守りたかった日本人の心と平和な日々。人生の道標となる珠玉の傑作随筆集。

千松信也著

ぼくは猟師になった

山をまわり、シカ、イノシシの気配を探る。ワナにかける。捌いて、食う。33歳のワナ猟師が京都の山から見つめた生と自然の記録。

土井善晴著

一汁一菜でよいという提案

日常の食事は、ご飯と具だくさんの味噌汁で充分。家庭料理に革命をもたらしたベストセラーが待望の文庫化。食卓の写真も多数掲載。